Theo Schwartz

Bibi Blocksberg™

Achtung, Hexenbesen!

D1858705

Schneider Buch
EGMONT

verlegt durch EGMONT Verlagsgesellschaften mbH,
Gertrudenstraße 30–36, 50667 Köln

Titelbild: KIDDINX Studios GmbH, Berlin
Illustrationen: Corporacion Tavena 2000 S.L., Barcelona
Umschlaggestaltung: basic-book-design Karl Müller-Bussdorf, Badenweiler
Druck und Bindung: Ebner & Spiegel, Ulm
ISBN 978-3-505-12448-8

Dieser Sammelband enthält die ungekürzten Einzelbände:
Bibi Blocksberg – Bibi und das Dino-Ei (Band 4, 1997)
Bibi Blocksberg – Wo ist Kartoffelbrei? (Band 5, 1997)
Bibi Blocksberg – Bibi im Orient (Band 6, 1997)

08 09 / 8 7 6 5 4 3 2 1

Mit Witz und einer gehörigen Portion Hexenverstand meistert die pfiffige Junghexe Bibi Blocksberg auch die schwierigste Situation.

Bibis Eltern, Barbara und Bernhard Blocksberg, sind stolz auf ihre Tochter und stehen ihr jederzeit mit Rat und Tat zur Seite.

BIBI BLOCKSBERG™

Bibi und das Dino-Ei

Nach Ulli Herzog

Bibi im Dinofieber

„Bibi! Hast du deine Schulsachen für morgen schon gepackt?“

Frau Blocksberg steckte ihren Kopf aus der Küchentür. „Du weißt, in der Frühe geht es bei uns immer ein bisschen hektisch zu, da kann man leicht etwas vergessen.“

„Morgen ist doch Wandertag, Mami!“, antwortete Bibi gut gelaunt, „da brauche ich nichts außer meinem Rucksack.“

„Aha, Wandertag! Nicht schlecht!“, ließ sich Herr Blocksberg hinter seiner Zeitung vernehmen. „Wo soll es

diesmal hingehen? Ins Museum? In den Zoo zu Benjamin Blümchen oder mal raus aus der Stadt?“

„Raus aus der Stadt zu den Neustädter Höhlen“, antwortete Bibi. „Eben wandern und so. Hauptsache, keine Schule!“

„Schule muss aber sein!“, sagte ihr Vater ein wenig streng.

„Och, mir würde nur die Hexenschule reichen“, meinte Bibi lässig. „Hexsprüche finde ich viel spannender als Mathe.“ Dann wandte sie sich an ihre Mutter.

„Sag mal, Mami, als du noch in der Hexenschule warst, hast du da auch gelernt, wie man Sachen lebendig hext?“

„Natürlich, das haben wir!“ Frau

Blocksberg legte das Geschirrtuch zur Seite und kam ins Wohnzimmer. „Wir haben zum Beispiel Ritter in Rüstungen auf ihren Pferden reiten lassen. Einmal habe ich sogar einen Steinzeitmenschen zum Leben erweckt!“, fügte sie ein wenig stolz hinzu.

„So ein Quatsch aber auch!“, brummelte Herr Blocksberg, der sich von dem Gespräch bei seiner Zeitungslektüre gestört fühlte. „Man soll die Vergangenheit ruhen lassen.“

„Hast du auch mal einen Dino gehext, Mami? So einen richtig großen Dinosaurier?“

„Nein, das nicht!“ Ihre Mutter schüttelte lachend den Kopf. „Habt ihr das jetzt gerade in der Schule?“

„Hm!“ Bibi nickte. „Stell dir vor, das ist jetzt hundert Millionen Jahre her, dass die Dinos auf unserer Erde lebten. Hundert Millionen! Der echte Wahnsinn!“

„Beschäftigt euch lieber mit dem, was heute in der Welt passiert!“ Bernhard Blocksberg hielt seine Zeitung hoch. „Das ist auch Wahnsinn!“

„Ach, komm, Schatz!“, wehrte seine Frau ab. „Sei doch nicht immer gleich so sachlich. Freu dich lieber, dass deiner Tochter Biologie Spaß macht.“ Dann wandte sie sich an Bibi. „Weißt du noch, dass du schon im Kindergarten ein richtiger Dinofan warst? Du wusstest die kompliziertesten Namen auswendig. Du hast immer in einem

Dinobuch herumgeblättert, auf die Dinos gezeigt und die richtigen Namen genannt."

„Oje", meinte Bibi. „Die habe ich schon lange vergessen. Aber warte mal! *Eene meene Urgestein, Namen fallt mir wieder ein! Hex-hex!*"

„Musste diese Hexerei jetzt wieder sein?", fragte ihr Vater ärgerlich. „Mir fallen auch manche Englischvokabeln nicht mehr ein, aber deshalb lasse ich mir mit einer Hexerei doch nicht helfen!"

Bibi tat, als hätte sie nicht gehört, was ihr Vater gesagt hatte, sondern rasselte augenblicklich die Namen der bekanntesten Dinosaurier herunter. Sogar in alphabetischer Reihenfolge.

„Allosaurus, Ankylosaurus,

Apatosaurus, Brachiosaurus, Compsognathus, Corythosaurus ..."

„Erbarmen, Kind! Erbarmen! Verschone uns!"

Herr Blocksberg verzog gequält das Gesicht. Seine Frau wollte ebenfalls nicht warten, bis Bibi beim Ultrasaurus angekommen war und unterbrach ihre Tochter.

„Schon gut, ich glaube dir, dass du sie alle kennst. Da kommt bestimmt nicht einmal Tante Mania mit."

„Tante Mania? Was weiß die denn über Dinos? Mag sie die denn?"

„Aber ja", pflichtete Bibis Mutter bei. „Hexenweisheit und Saurier sind beide uralt. Vielleicht ergibt das irgendwie einen Zusammenhang."

„Bestimmt!", meinte Bibi und nickte

eifrig. „Es wäre doch super, wenn man einen Dino hexen könnte. So richtig lebendig. Das fände ich einfach toll."

„Nein, Schätzchen, das ist nur ein Wunschtraum. So etwas geht nicht", wehrte ihre Mutter ab.

„Das will ich doch schwer hoffen!" Herr Blocksberg warf Frau und Tochter einen grimmigen Blick zu. „Dinosaurier hexen! So weit kommt es noch! Ihr seid ja nicht ganz richtig im Kopf! Lass ja die Finger von solchen Experimenten, Bibi! Ich werde sonst ernsthaft sauer!"

Nach diesen Worten versenkte sich Bibis Vater wieder in seine Zeitungslektüre. Das Thema „Saurier" war für ihn erledigt, und er wünschte nicht mehr gestört zu werden.

Bibi sagte deshalb ihren Eltern schnell gute Nacht und verzog sich dann in ihr Zimmer. Hier kramte sie das bunt bebilderte Dinobuch hervor, das Tante Amanda ihr zum ersten Schultag geschenkt hatte, und las darin, bis ihr die Augen zufielen.

Das Dinofieber ist ansteckend

Am nächsten Morgen herrschte richtiges Wandertagwetter. Die Sonne strahlte warm vom blauen Himmel, und von Regenwolken war weit und breit nichts zu sehen. Gleich nach dem Frühstück bestieg Bibi ihren Kartoffelbrei und sauste mit ihm zur Schule.

Hier herrschte bereits ein fröhliches Durcheinander: Lehrer zählten ihre Schüler, damit auch niemand vergessen wurde, Kinder stürmten die Busse und suchten sich drängelnd und schubsend die besten Plätze am Fenster. Als Bibi ihre Freunde Marita und Florian in dem Gewusel entdeckt hatte, lief sie gleich zu ihnen.

„Ich hab mein Saurier-Buch mitgebracht“, berichtete Bibi stolz. „Da stehen eine Menge Sachen drin, auch über Versteinerungen.“

„Super!“, meinte Florian. „Ich habe mir gestern Abend noch alles über Dinos aus meinem Computer ausgedruckt. Das ist ein tolles Material. Einen Hammer habe ich auch dabei.“

„Mir hat meine Mutter verboten, dass ich einen Hammer mitnehme“, sagte Marita. „Sie fand das zu gefährlich. Ich konnte ihr ja auch schlecht sagen, wofür ich den Hammer in Wirklichkeit brauche. Wenn ich ehrlich bin, finde ich das Ganze sowieso ziemlich beknackt!“

„Wieso denn?“, erwiderte Bibi. „Es könnte doch aber sein!“

„Eben!“, pflichtete ihr Florian bei und hob den Zeigefinger wie ein altkluger Professor. „So lange der Gegenbeweis nicht erbracht worden ist, sagt die Wissenschaft nie ‚nein‘!“

„Du mit deiner Wissenschaft!“, neckte ihn Marita. „Was hat denn deine Mutter gesagt, Bibi?“

„Saurier haben sie in der Hexenschule nie gehext, aber Ritter und Steinzeitmenschen.“

In dem Moment kam die Mathelehrerin Frau Müller-Riebensehl und trieb zur Eile an. Bibi, Marita und Florian beendeten ihr Gespräch und quetschten sich in den Bus, der sie an ihr Ziel bringen sollte. Frau Müller-

Riebensehl gab nicht nur Mathe, sondern auch Biologie. Deshalb hatte sie sich für den Wandertag etwas Besonderes ausgedacht. Sie wollte mit ihren Schülerinnen und Schülern die Neustädter Höhlen besichtigen. Vielleicht würden die Kinder ja die eine oder andere Versteinerung aus der Urzeit finden. Die könnte man später im Unterricht besprechen. Allerdings wusste Frau Müller-Riebensehl nicht, was Bibi, Marita und Florian vorhatten. Und das war auch besser so!

Der Bus mit den Kindern aus Bibis Klasse kurvte durch die engen Straßen von Neustadt und fuhr dann auf eine lang gezogene Hügelkette zu. Die Hügel bestanden aus Kalkfelsen, und überall, wo an den Kalkfelsen Steinbrocken heruntergefallen waren und wo die Wurzeln der Bäume die Felsen gelockert hatten, konnte man heute noch Versteinerungen finden. Das hatte die Lehrerin den Kindern gesagt.

Ehrfürchtig bestaunten Bibi, Marita und Florian das Gelände.

„Hier sind also Dinosaurier-Knochen gefunden worden, die man im Neustädter Museum besichtigen kann?“, fragte Florian.

„So ist es, Florian“, erklärte Frau Müller-Riebensehl. „Die Paläontologen, das sind die Urzeitforscher, meinen sogar, dass hier in dieser Gegend vor allem Riesensaurier gelebt haben.“

„So richtige Riesenmonster wie der

Apatosaurus oder der Iguanodon?“ Bibi bekam leuchtende Augen. „Ist ja irre aufregend. Dürfen wir gleich anfangen mit dem Suchen, Frau Müller-Riebensehl?“

„Aber natürlich, Kinder, deshalb sind wir doch hier. Ach, Bibi …“, rief sie die kleine Hexe zurück, die schon lossausen wollte, „das Hexverbot in der Schule gilt auch hier. Haben wir uns verstanden?“

„Ja, Frau Müller-Riebensehl“, antwortete Bibi brav und nickte mit dem Kopf.

Was sie in diesem Moment wirklich dachte, ahnte ihre Lehrerin natürlich nicht.

Die Kinder aus der Klasse liefen in alle Richtungen davon um Versteinerungen zu suchen: Abdrücke von Krebsen, Schnecken und Muscheln und natürlich versteinerte Pflanzen, die vor Millionen Jahren hier gelebt hatten.

Bibi und ihre beiden Freunde blieben beieinander. Als sie aus dem Blickfeld von Frau Müller-Riebensehl waren, setzten sie sich auf einen Stein und besprachen alles noch einmal. Marita war immer noch nicht ganz klar, was Flori und Bibi vorhatten.

„Das ist doch ganz einfach“, begann Florian. „Wenn hier in den Neustädter Höhlen früher einmal Dinos gelebt haben, dann werden doch bestimmt noch irgendwo Saurier-Eier herumliegen. Und so ein Ei müssen wir unbedingt finden! Wenn wir ein Ei haben, kann ich es ganz genau untersuchen. Vielleicht finde ich im Inneren irgendwas Wichtiges. Eier sind doch die Kernzelle des Lebens. Stellt euch vor, wenn man durch irgendwelche raffinierten Versuche das Ei sozusagen ausbrüten könnte!"

„Kernzelle des Lebens!", äffte ihn Marita nach. „Du redest ja schon genauso geschwollen wie die Müller-Riebensehl. Glaubst du echt, wir brauchen bloß mal kurz um den nächsten Busch zu gehen und schon liegt so ein Dino-Ei auf der Erde wie auf einem Frühstückstablett? Von wegen!"

„Och, um das Suchen brauchst du dir keine Gedanken zu machen", meinte Bibi lässig. „Das erledige ich schon. Suchhexsprüche sind mit meinem Kartoffelbrei babyleicht."

„Aber die Müller-Riebensehl hat dir doch gerade vorhin das Hexen verboten", wandte Marita ein.

„Ach, du alter Angsthase! Hexverbot in der Schule gilt für mich doch nur, wenn ein Lehrer in der Nähe ist. Siehst du hier irgendwo einen Lehrer, Marita? Du, Flori?"

„Nö!" Marita und Flori schüttelten vergnügt den Kopf und grinsten sich eins. „Nicht direkt."

„Also dann!" Bibi nahm ihren Hexenbesen bei den Borsten und hielt ihn vor sich wie eine Wünschelrute. „Komm, Kartoffelbrei, zeig, was du kannst. *Eene meene Sauerei, suche mir ein Saurier-Ei! Hex-hex!*"

Das typische Hexgeräusch ertönte, und um Kartoffelbrei herum tanzten flimmernde Sternchen. Der Hexenbesen fing an zu ruckeln und zog seine Besitzerin langsam von der Stelle. Bibi folgte ihm, Marita und Flori taten es ihr nach. Kartoffelbrei gab einen Ton von sich, als würde er fliegen. Der Ton war nur viel, viel leiser. Er führte die drei Kinder zu einem großen Kalkfelsen, von dem sich ein paar Brocken gelöst hatten und auf die Erde gefallen waren. Hier blieb er regungslos in der Luft stehen.

Florian ließ sich auf die Knie fallen und begann eifrig mit den Händen das lockere Geröll zu durchwühlen. Da zog Bibi ihn an den Schultern zurück.

„Lass das meinen Wuschel besser

selbst erledigen, sonst wird er sauer", sagte sie. Und wirklich. Ohne Aufforderung und ohne Bibis Hilfe fegte Kartoffelbrei Steinchen und Kies zur Seite. Gleich darauf kam zwischen Sand und Wurzeln ein runder Stein zum Vorschein, so groß wie ein ausgewachsener Kopf. Der Stein war schmutzig und verkrustet, aber deutlich als ein Ei zu erkennen. Schnell gruben sie mit Stöcken und mit den Fingern um das Ei herum, bis sie es vollständig freigelegt hatten. Ehrfürchtig bestaunten sie es.

„Und du meinst, das ist wirklich ein Saurier-Ei?", fragte Marita.

„Na klar ist das eins!" Bibi strahlte über das ganze Gesicht. „Mein Kartoffelbrei vertut sich doch nicht!"

„Wow!“ Marita bekam fast den Mund nicht mehr zu. „Ein echtes, originales Dino-Ei! Was kann man denn damit machen?“

„Na, vorsichtig den Dreck abklopfen und mitnehmen!“

Florian wollte gerade zur Tat schreiten, aber Bibi hielt ihn zurück.

„Warte mal, Flori! Das lassen wir lieber so. Wenn die Müller-Riebensehl nämlich spitzkriegt, was wir da gefunden haben, dann sind wir unser Ei für immer los. Die schenkt es glatt dem Neustädter Museum und lässt darunter schreiben, dass ihre Klasse es gefunden hat.“

„Du hast recht.“ Florian stand auf und klopfte sich den Staub von der Hose. „Lassen wir es lieber so, wie es ist. In seinem Urzustand sozusagen. Sauber machen kann ich es zu Hause auch noch."

Dann bückte er sich und wollte das Ei hochheben. Es ließ sich aber kaum bewegen, so schwer war es.

„Warte, ich hex' es dir leichter", bot Bibi an. *„Eene meene Schießgewehr, großes Ei sei nicht so schwer! Hex-hex!"*

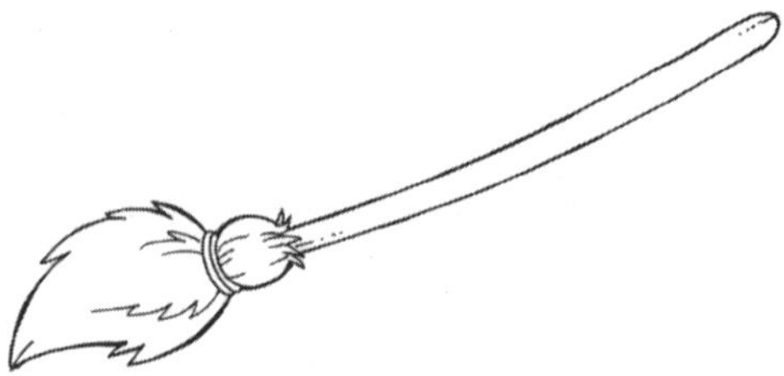

Die Presse erfährt von dem Ei

In bester Laune trafen später Bibi, Marita und Florian auf dem Sammelplatz ein, an dem sich die Kinder verabredet hatten. Frau Müller-Riebensehl begutachtete ausführlich die Funde der Kinder und lobte die schönen Versteinerungen.

„Na, Bibi, hast du auch was gefunden?“, fragte sie, als Bibi an der Reihe war. „Ohne Nachhelfen, ohne Hexerei hoffentlich.“

„Ich?“, fragte Bibi betont harmlos. „Nö, ich habe nichts gefunden. Das macht Kartoffelbrei immer für mich.“

Die anderen Kinder kicherten.
„Sei nicht albern, Bibi Blocksberg!“, rügte die Lehrerin die kleine Hexe. „Also? Antworte auf meine Frage.“

„Wir drei haben gemeinsam gesucht, Frau Müller Riebensehl.“ Florian drängte sich vor. In den Händen hielt er stolz das Ei.

„Aha! Ein besonders schöner, runder Stein! Und so groß! Den trägst du einfach so, als würde er gar nichts wiegen?“

„Unser Flori ist eben sehr stark!“ Bibi kicherte.

Frau Müller-Riebensehl nahm den Stein, drehte ihn in den Händen, betrachtete ihn von allen Seiten und runzelte die Stirn.

„Der ist ja ganz leicht“, wunderte sie

sich. „Was bitte schön, soll denn das sein?"

„Ein Dinosaurier-Ei, Frau Müller-Riebensehl!", rief Bibi fröhlich. „Das sieht man doch auf den ersten Blick!"

Die Lehrerin schüttelte missbilligend den Kopf und hüstelte kurz.

„Du hast einen seltsamen Humor, mein Kind!", sagte sie. „Aber deine Witze mach bitte woanders. Euer Ei ist nichts anderes als ein Stück Plastik. Es ist schön, dass ihr es aufgehoben habt, damit es nicht die Gegend verschandelt. Werft es jetzt am besten gleich in den Abfalleimer da drüben."

„Ooooch!" Bibi, Marita und Forian machten lange Gesichter. „Wir würden es aber viel lieber mit nach Hause nehmen!"

„Von mir aus!“ Frau Müller-Riebensehl zuckte mit den Schultern. „Ich finde es nur schade, dass ihr euch so gar keine Mühe gegeben habt, ihr drei!“

Mit diesen Worten wandte sie sich den anderen Kindern zu. Bibi, Marita und Florian zwinkerten sich zu. Sollte ihre Lehrerin doch glauben, was sie wollte. Hauptsache, die drei hatten ihr Dino-Ei.

Nach ihrem Ausflug in die Neustädter Höhlen trafen die drei Freunde auf die Reporterin Karla Kolumna. Frau Kolumna kam gerade auf ihrem Motorroller an der Schule vorbei, als Bibis Klasse aus dem Bus kletterte. Als sie bemerkte, dass die meisten Kinder irgendwelche

Versteinerungen in den Händen trugen, erwachte ihre Neugier.

„Halt! Halt! Nicht gleich weglaufen, Kinderchen!“, rief sie. „Ich brauche ein paar Fotos von euch und euren Funden! Unsere Leser sind doch immer daran interessiert, was die heutige Jugend so macht!“

„Hallo, Frau Kolumna!“, rief Bibi fröhlich und winkte ihr zu. „Wollen Sie nicht ein Foto von unserem Dinosaurier-Ei machen? Das haben wir heute früh erst aus der Erde geholt, es ist sozusagen nestfrisch!“

„Ihr habt was gefunden?“ Karla Kolumna trat neugierig näher. „Ein echtes Dinosaurier-Ei? Sensationell!“

Sie betastete das Ei von allen Seiten, kratzte ein wenig an der Schale herum und verzog dann enttäuscht das Gesicht.

„Das soll ein Dino-Ei sein? Kinderchen, seid mir nicht böse, aber das ist ein Plastikei, das der Osterhase hier verloren hat. Wenn ich davon ein Foto mache und es in die Zeitung bringe, dann jagt mein Chef mich in die Wüste. Und da ist es mir zu heiß und zu trocken! Aha-haha!“

Dann ging Karla Kolumna hinüber zu den anderen Kindern und ließ sich zeigen, was die gefunden hatten. Nichts fand sie aufregend genug, bis ihr Moni ein Stück versteinerte Koralle präsentierte. Das war ein Foto wert.

„Schade“, meinte Marita enttäuscht. „Wir drei und unser Ei, das wäre doch ein tolles Bild gewesen.“

„Na, und wenn schon. Ist doch egal“, meinte Florian lässig. „Die Hauptsache ist doch, dass wir das Ei für uns allein haben.“

Marita warf einen langen Blick auf das Dino-Ei und sagte dann: „Also, wenn ich ehrlich bin, eigentlich interessiert mich das Ei doch nicht so. Ihr beiden könnt es gern haben.“

„Echt?“, fragte Florian. „Na gut, dann ist das gebongt!“

Er wandte sich an Bibi. „Wenn du nichts dagegen hast, dann nehme ich das Ei erst mal zu mir nach Hause. Ich mache es vorsichtig sauber, messe es ganz genau aus und vergleiche alles mit meinen Computerdaten.“

„In Ordnung!“ Bibi nickte eifrig. „Ich suche in der Zwischenzeit in

Mamis Buch einen Hexspruch. Nach dem Mittagessen komme ich dann zu dir. Okay?"

„Okay!"

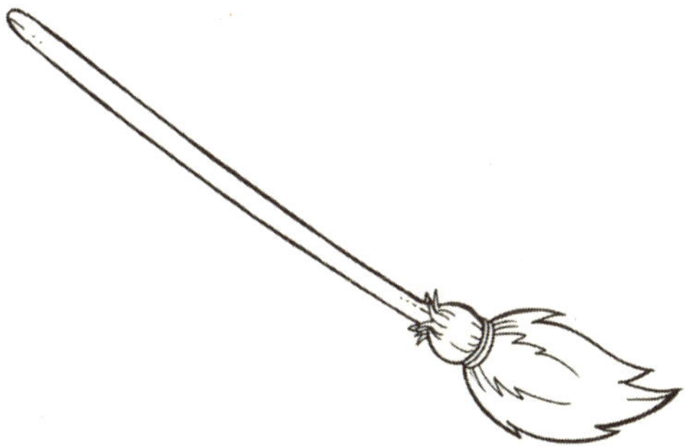

Das Ei lebt!

„Na, mein Kind, wie war denn dein Wandertag?“, fragte Frau Blocksberg, als sie gemeinsam beim Mittagessen saßen. Herr Blocksberg aß heute ausnahmsweise im Büro. Er nahm an einem Lehrgang zur Fortbildung teil und kam sicher erst sehr spät nach Hause.

„Es war super, Mami!“, erzählte Bibi zwischen zwei Bissen. „Wir sind zu den Neustädter Höhlen gefahren und haben dort zwischen den Felsen nach Versteinerungen gesucht.“

„Aha! Deshalb hast du gestern Abend

von den Dinosauriern angefangen. Und? Hast du was gefunden?"

„Hm-hm!" Bibi nickte eifrig. „Ein Dino-Ei!"

„Oh! Das ist ja direkt aufregend!", staunte Frau Blocksberg. „Dann zeig mir doch mal deinen Fund. Wie sieht denn dein Dino-Ei aus? Ich habe so etwas noch nie gesehen."

„Das Ei hat der Flori mit nach Hause genommen."

Merkwürdig, dachte ihre Mutter. Bibi gibt das Ei her? Doch da überraschte Bibi sie mit einer unerwarteten Frage.

„Du, Mami, meinst du, ich kann heute mal an dein Hexbuch?"

„Mein Hexbuch? Wieso denn das? Wenn du eine Frage hast, die kann ich dir auch beantworten. Oder willst du etwas Besonderes wissen?“

„Ja … eigentlich schon …“, druckste Bibi ein wenig herum. „Ich will mit Flori ein bisschen experimentieren. So mit eene meene Galgenfrist, zeige mir wie alt du bist oder was in dir ist.“

„Aha!“ Frau Blocksberg freute sich über den Wissensdurst ihrer Tochter. „Von mir aus gern, Schätzchen. Ihr könnt mein Labor benutzen. Aber nur, wenn ich zu Hause bin. Man kann ja nie wissen, was ihr anstellt. Da bin ich lieber in der Nähe.“

„Oh, danke, Mami! Vielen Dank!“ Bibi stand auf, fiel ihrer Mutter um den Hals und gab ihr einen dicken Kuss. „Du bist die allerliebste Hexenmami auf der Welt!“

„Aber beeilt euch. Bis zum Abend müsst ihr mit eurer Arbeit fertig sein. Du weißt, dass Papi solche Experimente gar nicht mag."

„Na klar, Mami", versprach Bibi. „Außerdem hat er ja heute seine Fortbildung. Bis Papi wieder daheim ist, liege ich schon lange im Bett."

Als kleines Dankeschön dafür, dass ihre Mutter die Benutzung des Labors erlaubte, spülte Bibi freiwillig das Geschirr und hinterließ die Küche blitzeblank. Dann holte sie ihren Kartoffelbrei aus der Ecke und sauste im Schnellflug zu ihrem Freund Florian.

Florian saß vor seinem Computer, neben dem Bildschirm stapelten sich ein paar Biologiebücher. Er blickte kaum auf, als Bibi sein Zimmer betrat. Die kleine Hexe schaute sich neugierig um. Wie immer beeindruckte sie die tolle Musikanlage und sein Computer. Das Dino-Ei lag mitten auf seinem Bett.

„Und?“, fragte er erwartungsvoll, als Bibi neben ihm stand. „Hast du einen Spruch gefunden?“

„Nein, noch nicht“, musste Bibi zugeben. „Aber meine Mutter hat erlaubt, dass wir in ihrem Labor arbeiten können.“

„Echt?“ Florian strahlte über das ganze Gesicht. „Ich auch? In einem echten Hexenlabor? Wow!“

„Mami will aber in der Nähe sein, wenn wir experimentieren. Damit sie da ist, wenn was passiert. Aber ich glaube, sie ist selber schon ganz gespannt, was mit dem Ei ist und will nichts verpassen."

Bibi beugte sich über das Ei und berührte es.

„Das sieht doch richtig gut aus, nicht?" Florian guckte stolz. „ Ich sage dir, es war eine ganz schöne Fummelei, bis ich das Ei endlich sauber hatte."

„Das kann ich mir denken. Aber es ist ein wunderschönes Riesen-Ei. Hundert Millionen Jahre alt." Bibi war ganz ehrfürchtig zumute. „Stell dir vor, Florian, vielleicht weckt ja meine Hexenkraft einen niedlichen, kleinen Saurier auf. Ei, ei, ei ..., so ein niedliches Dino-Ei!"

Sie streichelte es, doch leider tat sich nichts. Wie sollte es auch?

„Na, vielleicht rührt sich bei dir zu Hause was in dem Ei", meinte Flori. „Nach meinen Computerdaten ist es übrigens das Ei von einem Brontosaurus!", fügte er wichtig hinzu.

„Da bin ich aber froh!" Bibi lachte. „Besser als eins von einem Fleisch fressenden Tyrannosaurus. Aber komm, beeil dich! Fliegen wir zu mir. Wir müssen fertig sein, bevor mein Vater nach Hause kommt."

Doch Flori war noch nicht so weit. Er wollte erst noch ein Experiment mit dem Ei anstellen, wie er Bibi erklärte. Er hatte zuvor das Ei eine Stunde lang unter die Höhensonne gelegt und in der Zwischenzeit mit seinem Hi-Fi-Verstärker eine hochempfindliche Abhöranlage gebastelt. Bei dem

Gedanken, dass das Ei jetzt vielleicht angebrütet war, musste Bibi leise kichern.

„Mit dem Verstärker ist ein Mikro verbunden“, erklärte Florian seinen Plan. „Das muss man ganz nah an die Schale halten. Dann drehe ich den Verstärker ganz auf, vielleicht hören wir was. Du darfst anfangen.“

Bibi setzte die Kopfhörer auf und tat, was Florian gesagt hatte. Die beiden atmeten ganz leise und bewegten sich kaum. Im Zimmer war es mucksmäuschenstill.

„Du, ich höre was“, flüsterte Bibi nach einer Weile. „Sind irgendwelche Geräusche im Haus?“

Florian hielt die Luft an und lauschte angestrengt.

„Nein. Nichts“, flüsterte er zurück. „Was hörst du denn?“

„Sei mal still!“ Bibis Stimme war ganz heiser vor Aufregung. „Du, da ist was in dem Ei drin! Ich glaub’, ich spinne!“

Florian stellte die Lautsprecher an und drehte den Regler des Verstärkers auf volle Lautstärke. Ein feines Rauschen klang aus den Boxen, dann war ein leises, aber deutliches Pochen zu hören. Gleich darauf klang es, als würde von innen etwas an der Schale kratzen. Florian und Bibi schauten sich verblüfft an.

„Ich habe eine Idee“, meinte Bibi eifrig und streckte beide Arme vor, dass die Fingerspitzen auf das Ei zeigten. „Ich hex’ das Ei durchsichtig.

Eene meene Ritterschild, zeige mir ein Röntgenbild! Hex-hex!“

Nichts geschah. Keine Flimmersternchen – nichts! Die Schale des Dino-Eis blieb undurchsichtig.

„*Hex-hex!*“, versuchte Bibi es erneut, diesmal lauter und eindringlicher. Aber es geschah wieder nichts.

„Warum funktioniert dein Hexspruch nicht?“ Florian war enttäuscht.

„Keine Ahnung!“ Bibi zuckte mit den Schultern. „Aber ich bin mir ganz sicher, Flori, in dem Ei lebt etwas.“

„Ehrlich? Das wäre … das wäre ja eine Sensation!“ Florian riss die Arme in die Luft und ballte die Hände vor Begeisterung. „Mensch, Bibi! Wenn aus dem Ei ein Dino schlüpft! Stell dir das bloß mal vor! Wooow!“

„Langsam, langsam, Flori!“, versuchte Bibi ihren Klassenkameraden zu beruhigen, aber sie war genauso aufgeregt wie er. „Wir beide fliegen jetzt mit dem Ei auf Kartoffelbrei nach Hause in Mamis Labor. Aber wir verraten ihr erst einmal nichts. Ich möchte es allein schaffen. Okay?“

„Na klar. Okay!“

Frau Blocksberg war gerade im Wohnzimmer, als Kartoffelbrei mit seinen Passagieren und dem Dino-Ei auf der Terrasse landete. Sie begrüßte Florian und schaute interessiert das Ei an.

„Aha, so sieht also ein Millionen Jahre altes, versteinertes Ei aus. Na, dann experimentiert mal schön. Viel Spaß! Bibi ...!“, rief sie ihrer Tochter nach, die schon die Treppe zum Labor hinaufsauste. „Das Hexbuch liegt auf dem Tisch neben dem Regal!"

„Danke, Frau Blocksberg!", sagte Florian höflich und strahlte sie an. „Das ist große Klasse von Ihnen, dass Sie uns das erlauben!"

„Na ja, du willst doch einmal ein Wissenschaftler werden, Florian. Da ist es sehr wichtig, schon früh zu erfahren, dass es auf unserer Erde Dinge gibt, die sich mit dem Verstand nicht erklären lassen. Ende des Vortrags." Bibis Mutter lachte. „Jetzt lasst euch nicht aufhalten. Ich werde euch nicht stören. Viel Erfolg bei eurer Arbeit!"

Im Labor machte Bibi gleich die Tür hinter sich zu, und Florian legte das Ei vorsichtig ab. Bibi stürzte sich auf das Hexbuch. Sie schlug es auf und blätterte hastig darin.

„So, jetzt brauchen wir zuerst den Röntgen-Spruch“, murmelte sie. „Bei ‚Ei‘ muss ich schauen. Moment .... Einwecken, … Eisenbahn ..., Eile ..., Ei. Hier!“

„Lies vor! Lies vor!“, drängte Florian.

Bibi las leise vor sich hin, dass Florian sie kaum verstehen konnte, dann wurde ihre Stimme lauter.

„Pass auf: ‚Um zu erkennen, ob ein Ei schon ausgebrütet ist, lege es unter eine Hexenlampe und sage langsam …‘ Och, das ist ja kinderleicht.“

„Hexenlampe? Was ist denn das?“

„Na, das hier!“ Sie zeigte auf die Hexenkugel ihrer Mutter. Dann nahm sie das Ei vorsichtig hoch und legte es hinter die Kugel. Sie schaute die Kugel fest an und sagte laut einen Hexspruch: *„Eene meene Eierpampe, durchleuchte es, du Hexenlampe! Hexhex!“*

Ein leises Singen und Sausen ertönte, die Hexenkugel glühte auf und sandte geheimnisvolle Strahlen nach allen Seiten aus. Als die Strahlen auf das Dino-Ei fielen, verfärbte sich die Schale, wurde heller und immer heller, bis sie nicht mehr sichtbar war. Im Inneren des Eis war jetzt ein kleiner Körper zu sehen – der Körper eines Dinosauriers. Gebannt starrten Bibi und Florian das Saurierbaby an. Plötzlich bewegte es sich, so langsam, dass es kaum zu bemerken war.

„Bibi, mir ist ganz zittrig!“, sagte Florian mit heiserer Stimme. „Das ist *die* Entdeckung! Das ist die wissenschaftliche Sensation des Jahrhunderts, ach was, des Jahrtausends!“

„Mir ist überhaupt nicht zittrig“, meinte Bibi. „Mir ist unglaublich hexisch zumute. Ich fühle mich so … so … uralt, als würde es mich schon immer geben. Flori!“ Sie blickte ihm fest in die Augen. „Was wir hier erleben, das ist ein ganz großes Hexengeheimnis. Ich glaube, du weißt jetzt etwas, was du gar nicht wissen darfst. Und ich darf es vielleicht auch nicht wissen!“

Florian wollte etwas erwidern, da ertönte plötzlich das Geräusch eines fliegenden Besens. Kurz darauf klirrte

und krachte es. Eine Sekunde später hörten sie, wie Frau Blocksberg laut aufschrie.

„Was ist denn da passiert?", fragte Florian erschrocken.

„Nichts Besonderes", antwortete Bibi. „Bei uns ist bloß eine Hexe gelandet. Bleib ganz ruhig. Ich hexe schnell unser Geheimnis weg: *Eene meene Maus, Lampe aus! Hex-hex!*"

Das Dino-Ei ist weg

„Entschuldige, liebste Barbara. Ich wollte dich nicht erschrecken."

Die alte Hexe Mania rappelte sich mühsam auf, zupfte ihr bodenlanges Kleid zurecht und setzte wieder ihren spitzen Hexenhut auf.

„Ist schon gut, Mania", erwiderte Frau Blocksberg, obwohl sie doch einen ziemlichen Schreck bekommen hatte. „Die Fensterscheibe hexe ich wieder heil. Du kommst bloß ein wenig unangemeldet. Was … äh … kann ich für dich tun?"

„Du könntest die gute, alte Mania

zum Kaffeetrinken einladen!" Mania legte den Kopf ein wenig schief und lächelte schmeichlerisch.

„Wer? Ich? Ach ja, natürlich ..." Frau Blocksberg war leicht verwirrt. Es kam nur noch sehr selten vor, dass bei ihnen eine Scheibe zu Bruch ging, seit Bibi ihren Kartoffelbrei immer besser beherrschte. „Ich habe nur leider keinen Kuchen im Haus."

„Schade!", brummelte Mania. „Aber ein Leberwurstbrot mit saurer Gurke tut's auch."

In diesem Augenblick kamen Bibi und Florian in das Zimmer.

„Hallo, Tante Mania!", sagte Bibi freundlich und gab der alten Mania die Hand. „Schön, dass du uns mal wieder besuchst."

Mania schüttelte Bibis Hand und verzog schnüffelnd die Nase.

„Du riechst nach Hexerei“, stellte sie fest. Dann zeigte sie auf Florian. „Wer ist denn das?“

„Das ist Florian“, stellte Bibi ihren Freund vor.

„Florian. Soso. Kann er hexen?“

„Nein, leider nicht“, gab Florian zu.

„Dachte ich mir“, meinte Mania und wandte sich Frau Blocksberg zu. „Also, Barbara, wo ist es?“

„Wo ist was?“, fragte Bibis Mutter. „Wovon sprichst du eigentlich?“

„Ich spreche von dem Ei!“

„Unser Ei?“ Bibi schaute verdutzt.

„Ja, euer Ei. Ich will es haben!“

„Ja, aber, das brauchen wir doch noch!“, protestierte Florian.

„Ach was! Halt du dich da raus, junger Mann. Davon verstehst du nichts.“ Mania machte eine wegwerfende Handbewegung und wandte sich an Bibi: „Kann ich es sehen?“

„Da gibt es nichts zu sehen, Tante Mania“, sagte Bibi und schaute ganz unschuldig drein. „Das Ei ist völlig uninteressant. Es ist einfach nur ein rundes, glattes Stück Stein.“

„Na, wunderbar“, meinte die alte Mania listig, „wenn es so uninteressant ist, dann kannst du es mir ja geben.“

„Kann sie eben nicht!“, mischte sich Florian ein. „Ich habe meine Experimente mit dem Ei noch nicht abgeschlossen.“

Mania legte den Kopf schief und sah Florian streng an.

„Lass den Kindern doch den Stein, Mania“, mischte sich Frau Blocksberg ein. „Sie haben ihn heute Vormittag bei den Neustädter Höhlen gefunden, und weil es dort so viele Versteinerungen gibt, halten die beiden den Stein für ein Dinosaurier-Ei.“

„Halten?!“, stieß Mania mit schriller Stimme hervor. „Meine liebe Barbara, es *ist* ein Dinosaurier-Ei!“

Für einen Moment schwiegen alle verblüfft.

„Aber Tante Mania“, wandte Bibi ein. „Woher willst du denn das so genau wissen? Du hast das Ei doch noch gar nicht gesehen.“

„Ich spüre es. Das reicht.“ Mania reckte die Schultern und stellte sich kerzengerade hin. „Und ich weiß, dass es ...“, sie unterbrach sich und zeigte mit ihrem knorrigen Zeigefinger auf Florian. „Sagt mal, muss dieser unausgegorene männliche Mensch unbedingt dabei sein? Was sich hier abspielt, das doch reine Hexensache. Barbara, schick ihn für ein paar Minütchen hinaus auf die Terrasse!“

„Es ist auch mein Ei, Frau Mania!“, sagte Florian trotzig. Noch nie hatte jemand ihn „unausgegoren“ genannt. „Da habe ich mitzubestimmen!“

„Wenn Flori rausmuss, dann gehe ich auch!“ Bibi schob trotzig die Unterlippe vor.

„Na schön, von mir aus bleibt hier“, meinte Mania. „Ist ja auch egal. Dann hexe ich dem Jungen eben nachher eine Erinnerungslücke.“

„Sag mal, Mania, warum bist du eigentlich so versessen auf das Ei?“, wollte Frau Blocksberg wissen.

Die alte Mania kniff ein Auge zu und schaute Bibis Mutter schräg an.

„Du hast wohl in der Hexenschule gerade die Masern gehabt, als die Dinosaurier-Eier dran waren, Barbara? Sonst wüsstest du nämlich, dass ein Saurier-Ei das Kostbarste ist, was es für uns Hexen gibt. Jede von uns würde alles tun, um eins zu besitzen. Aber da es so gut wie keine Dino-Eier mehr gibt, ist dieser Urtrieb bei den meisten Hexen im Lauf der Zeit total verkümmert.“

„Und du meinst, das ist bei mir der Fall, wenn ich dich recht verstanden habe, beste Mania“, gab Frau Blocksberg etwas zickig zurück. „Dann habe doch bitte die große Hexengüte und verrate mir, was an dem Dino-Ei so wertvoll sein soll."

„Das kann ich dir sagen!" Die alte Mania senkte verschwörerisch die Stimme und rieb sich eifrig die Hände. „Nimm einen goldenen Mörser zur Hand, zerstampfe darin die Schale von einem Dinosaurier-Ei, und du erhältst das wirksamste Hexen-Elixier aller Zeiten!"

Sofort erhob sich Protest bei Bibi und Florian. Ihr Ei zerstampfen? Das kam überhaupt nicht in Frage. Das Ei gehörte ihnen. Aus! Basta!

„Vielleicht habe ich es ja schon längst getan, du kleine Hexe?"

„Was?", riefen Bibi, Florian und Frau

Blocksberg wie aus einem Mund. Hatte die alte Mania etwa das Ei verschwinden lassen? Bibi und Florian rannten in Mutter Blocksbergs Labor. Die Hexenkugel lag noch an ihrem Platz, aber das Dino-Ei, das war weg.

„Wie konnte denn das bloß passieren?", fragte Bibi. Sie war den Tränen nahe und auch Florian hatte einen Kloß im Hals. „Tante Mania war doch gar nicht hier drin!" Bibi und Florian eilten zurück. „Tante Mania! Was hast du mit unserem Dino-Ei gemacht? Gib es wieder her, es gehört dir nicht! Tante Mania, wo bist du?"

„Sie ist weg!" Bibis Mutter war jetzt richtig sauer. Erst die zerbrochene Fensterscheibe, und dann das. Einfach reinplatzen und dann stehlen! „Tja,

Kinder, Mania ist eine Meisterin im Fernhexen und im Unsichtbarkeitshexen. Sie hat uns mit ihrem Gerede abgelenkt und inzwischen das Ei zur Seite geschafft. Aber ich bin sicher, sie steht noch irgendwo hier im Raum, verhält sich mucksmäuschenstill und wartet ab, was wir machen."

„Frau Mania! Sie dürfen das Ei nicht kaputtmachen!", flehte Florian. „Bitte! Da ist richtiges Leben drin. Wir haben es selbst gesehen. Hallo! Hören Sie mich?"

„Was Flori sagt, stimmt!", sagte Bibi. „Wir haben es mit dem Eierpampe-Spruch und der Hexenlampe selbst ausprobiert. Tu unserem kleinen Dinolein nichts, Tante Mania! Er sah so süß aus in seinem Ei!"

Doch die alte Mania reagierte nicht und blieb unsichtbar. Da Frau Blocksberg nun erfahren hatte, welches Experiment Florian und Bibi in ihrem Labor angestellt hatten, verstand sie Bibis Verzweiflung. Jetzt, wo feststand, dass wirklich Leben in dem Ei war, durfte sie auf keinen Fall zulassen, dass es zu Hexenpulver zerstampft wurde.

„Bibi! Ich hab's! Der Hexenrat!"

„Was ist denn ein Hexenrat?", fragte Florian neugierig. Frau Blocksberg erklärte es ihm. Der Hexenrat war das oberste Gericht für alle Hexen, denn es gab ja auch Hexengesetze, an die man sich halten musste. Eins dieser Gesetze lautete: Eine Hexe nimmt der anderen nichts weg. Dieses Gesetz kannte Mania natürlich auch, aber sie war wohl so versessen auf das Ei, dass sie alle Regeln vergessen hatte. Wenn sie jetzt tatsächlich das Ei zerstampfen wollte, dann musste augenblicklich der Hexenrat angerufen werden. So befahl es die Hexenregel.

„Florian, du musst jetzt vor die Tür gehen. Was jetzt kommt, ist nur etwas für Hexen. Tut mir leid“, sagte Frau Blocksberg. Ohne Murren gehorchte Florian. Um das Ei zu retten, wollte er alles tun.

„Okay“, meinte er, „ich muss sowieso nach Hause. Bibi, versprich mir, dass du mich gleich anrufst, wenn es etwas Neues gibt.“

Bibi versprach es und brachte Florian zur Tür. Jetzt waren die kleine Hexe und die große Hexe allein. Frau

Blocksberg ging zum Fenster und öffnete es.

„Die alte Regel lautet, dass die Angeklagte erst gewarnt wird, bevor die Klägerin den Hexenrat anruft. Auch wenn die Warnung nichts nützen sollte, diese Reihenfolge muss unbedingt eingehalten werden", erklärte sie ihrer Tochter. Dann streckte sie die Arme vor und zeigte mit den Fingerspitzen hinaus.

„Eene meene Bienenwabe, komm herbei, du Hexenrabe! Hex-hex!"

Wie aus dem Nichts erschien im selben Augenblick ein riesiger, tiefschwarzer Vogel. Er krächzte laut und nahm auf dem Fensterbrett Platz. Bibi betrachtete ihn mit großen Augen. Das war also einer dieser

berühmten Hexenraben! Endlich bekam sie einen zu Gesicht. Der Rabe blickte Frau Blocksberg erwartungsvoll an und die sagte auch sogleich einen zweiten Hexspruch: *„Rabe, fliege schnell und trage zu Mania unsere Hexenklage! Hex-hex!“*

Kaum war der Befehl ausgesprochen worden, stieß der Rabe erneut ein Krächzen aus, flatterte mit den Flügeln und erhob sich in die Luft. Ebenso schnell wie er aufgetaucht war, verschwand er auch wieder.

Ein Dino schlüpft aus

Nun hieß es warten, was Mania tun würde. Bibi vertrieb sich den Rest des Nachmittags mit Lesen und ein bisschen Zimmer aufräumen, ihre Mutter war mit dem Haushalt beschäftigt. Am Abend dann, es war fast schon Schlafenszeit für Bibi, kehrte ein müder Herr Blocksberg heim.

Kaum war er zur Haustür hereingekommen, da rümpfte er die Nase und setzte einen strengen Blick auf.

„Also, ich muss schon sagen!“, meckerte er los, „da drücke ich in meinem fortgeschrittenen Alter noch mal die Schulbank, um mich fortzubilden, damit ich befördert werde und für meine beiden Damen mehr Geld nach Hause bringen kann … und dann das!“

„Was ist denn, Papi?“, fragte Bibi verblüfft.

„Was wird schon sein?“ Ihr Vater schaute sich missmutig in der Wohnung um. „Ich denke, ich komme in unsere gemütlichen, aufgeräumten vier Wände, in denen ich meinen Feierabend genießen kann, aber …“

„Aber was?“, unterbrach ihn seine Frau. „Willst du etwa behaupten, hier ist es nicht aufgeräumt? Also, ich muss schon sagen, Bernhard, du übertreibst.“

„Nein, nein, das meine ich nicht“,

erwiderte Herr Blocksberg etwas friedlicher. „Aber hier drin stinkt es ganz widerlich nach Schwefel. Nach mindestens drei Hexen!"

„Kompliment, mein Schatz", schmeichelte Frau Blocksberg und half ihrem Mann aus dem Mantel, „es waren wirklich drei Hexen hier."

„Und eine davon war zu viel!", murmelte Bibi. Ihr Vater hatte es gehört.

„Na, das klingt ja nach Problemen," meinte er und ließ sich erschöpft in seinen Lieblingssessel fallen. „Aber ich möchte jetzt davon nichts wissen, mir reicht der heutige Tag. Ich bin völlig überdreht. Ich habe auch keinen Hunger und bin bloß müde. Aber ich kann bestimmt nicht gleich einschlafen. Würdest du mir einen von deinen schmackhaften Schlaftees hexen, Barbara?"

Bevor Frau Blocksberg antworten konnte, war Bibi schon auf den Schoß ihres Vaters gehüpft und rieb ihre Nase an seinem Hals.

„Ich kann dir doch auch was zum Einschlafen hexen, Papilein? Auch ohne Tee. Willst du?"

„Danke, gern, von mir aus." Herr Blocksberg schmunzelte. „Hauptsache, es hilft."

„Und ob es hilft! Heute ist nämlich Vollmond." Bibi sprang auf. „Schau mir in die Augen, Papi, ganz fest. Achtung: *Eene meene tausend Schäfchen, du machst jetzt ein tiefes Schläfchen! Hex-hex!*"

Augenblicklich fielen Herrn Blocksberg die Augen zu. Er rutschte tief in seinen Sessel hinein. Ein zufriedenes Lächeln erschien auf seinem Gesicht, und wenig später ertönte ein leises Schnarchen. Frau Blocksberg wollte ihren Mann natürlich nicht den ganzen Abend so sitzen lassen, in seinem Bett war es doch viel bequemer. Also hexte sie ihm schnell noch seinen Lieblings-Schlafanzug an, und Bibi brachte ihn mit einem Hexspruch sanft in sein Schlafzimmer: „*Eene meene Butterfett, Papi liegt in seinem Bett! Hex-hex!*"

Nun waren Bibi und ihre Mutter wieder allein im Wohnzimmer. Es war für die kleine Hexe ein langer, aufregender Tag gewesen und sie war genauso überdreht wie ihr Vater beim Heimkommen. Sie konnte auch noch nicht schlafen, sie dachte immer nur: Was ist mit Mania? Was ist mit dem Saurier-Ei?

„Können wir nicht irgendwas hexen, damit ich weiß, was los ist, Mami?“ Bibi hatte den Kopf in die Hände gestützt und schaute ihre Mutter fragend an. „Das Warten ist schrecklich!“

„Das glaube ich dir, Schätzchen, aber ich kann nichts machen. Wir müssen uns an die Regeln halten.“

„Müssen wir gar nicht!“, protestierte Bibi. „Tante Mania hat sich ja auch nicht an die Regeln gehalten. Sie wird das Ei kaputtmachen und den kleinen Dino töten!“

„Unsinn!“, ertönte da eine wohlbekannte Stimme. „Eine Hexe tötet nicht!“

Bibi und ihre Mutter fuhren herum. Das war doch Mania!

„Eene meene ungeschehen, ich bin für jede Frau zu sehen! Hex-hex!“

„Tante Mania!“ Bibi sprang auf. „Wo ist mein Ei?“

„Dein Ei ist hier.“ Die alte Mania legte das Dino-Ei, das sie zwischen den Falten ihres langen Kleides versteckt hatte, vorsichtig vor sich auf den Fußboden. „Es ist unzerstört, Kind. Das ist es doch, was du vor allem wissen willst, nicht wahr?“

„Sag mal, Mania, warst du die ganze Zeit hier im Haus?“, fragte Frau Blocksberg verblüfft.

„War ich, Barbara, war ich!“ Die alte Mania kicherte verschmitzt. „Ich habe da drüben auf eurem Sofa gesessen und alles mitgekriegt. Habe mich köstlich amüsiert. Der Rabe ist auch nicht weggeflogen, Barbara. Er hockt immer noch draußen auf dem Schornstein.“

„Das ist gut. Sehr gut sogar!“ Frau Blocksberg stieß einen erleichterten Seufzer aus. „Ein Hexenrat ist immer eine unangenehme Sache.“

„Meine Rede, Barbara! Meine Rede!“ Mania schlug einen versöhnlichen Ton an. „Ich würde sagen, wir vergessen alles. Ich gebe zu, ich hätte fast einen großen Fehler gemacht. Aber manchmal schützt eben auch das Alter vor Torheit nicht. Der langen Rede kurzer

Sinn: Bibi, ich will das Ei nicht mehr. Aber ich will die Schale."

Bibi wollte zuerst vor Freude aufjubeln, aber dann stutzte sie.

„Nur die Schale? Aber, Tante Mania, das ist doch dasselbe!"

„Hör zu, mein Kind!" Mania legte Bibi den Arm um die Schulter und sprach ruhig weiter. „Nicht ich werde euer Ei zerstören, das wird der kleine Dinosaurier selbst tun. Verstehst du, was ich sagen will?"

Bibi runzelte die Stirn und überlegte. Dann strahlte sie über das ganze Gesicht. Sie hatte begriffen.

„Ja, natürlich! Na klar! Wenn der Dino aus dem Ei schlüpft, geht es sowieso kaputt. Dann kannst du die Schalenreste gern haben. Aber ein kleines Stück sollten wir für Flori übrig lassen, damit kann er herumexperimentieren."

Mania und Bibi waren hellauf begeistert von der Möglichkeit einen Dino schlüpfen zu lassen. Es klang ganz einfach: Schale auf, KNACKS!, KRACKS!, und schon tummelte sich im Haus der Blocksbergs eine Urweltechse. Bibis Mutter aber sah die Sache anders.

„Ich finde, so einfach geht das nicht", sagte sie. „Wollt ihr im Ernst hier in unserem Haus einen Dinosaurier zur Welt kommen lassen? Also, wenn ich ehrlich bin, ich kenne mich mit der Aufzucht von solchen Tieren nicht aus."

„Wie kann man nur so umständlich

sein, Barbara!“ Mania war ein wenig verwundert. „Schließlich und endlich bist du doch eine Hexe!“

„Na und? Du willst nur deine Eierschalen, und Bibi möchte einen Saurier als Kuscheltier.“

„Stimmt gar nicht! Ein Saurier ist kein Kuscheltier!“, rief Bibi. Allerdings … einen Saurier als Kuscheltier, das wäre mal was Neues. Sie wechselte schnell das Thema.

„Wie lange dauert es eigentlich, bis so ein Dino schlüpft, Tante Mania?“, fragte sie.

„Hm ...“ Mania legte den Finger an die Nasenspitze und rieb an ihrer Warze. „Zehntausend Jahre vielleicht. Aber ...“, fügte sie schnell hinzu, als sie die Enttäuschung auf Bibis Gesicht sah, „was sind schon zehntausend Jahre im Vergleich zu hundert Millionen Jahren? Gerade mal ein Mini-Sekündchen!“

„Zehntausend Jahre will ich nicht warten!“, meinte Bibi brummig. „Ich will sofort einen kleinen Dino. Jetzt würde es so gut passen. Papi schläft gerade so schön.“

Plötzlich hatte sie eine Idee.

„Mami! Tante Mania! Ich könnte ja hundert Höhensonnen herbeihexen. Mit hundert Höhensonnen kann man es bestimmt schaffen. Bei Flori hatte für den Anfang schon eine gereicht.“

Doch die alte Mania wusste es besser. Es war nicht die Zeit unter der Höhensonne, es war Bibis frische, unverbrauchte Hexenkraft, die das

Leben in dem Ei geweckt hat. Barbara Blocksberg hatte allerdings noch ihre Zweifel. Sie hatte in der Schule gelernt, dass man Saurier nicht hexen kann.

„Doch, es ist möglich!“, widersprach Mania. „Es müssen aber verschiedene Dinge zusammentreffen. Ein Ei muss da sein, ein Lebenshauch muss vorhanden sein, der Vollmond muss scheinen, und drei Hexen aus drei verschiedenen Generationen müssen den Spruch sprechen. Um Mitternacht. Dann geht es.“

Bibi und ihre Mutter blickten sich an. In dem Ei befand sich Leben, heute war Vollmond und drei verschieden alte Hexen waren zusammen. Drei Generationen.

„Mania! Mami! Es wird klappen! Lasst uns anfangen! Bitte! Bitte!"

„Nicht vor Mitternacht", sagte Mania. „Lernt zunächst folgenden Hexspruch auswendig: *Totenschrein und Höllenpein, Elfenbein und Zipperlein! Eene meene Mondenschein, erheb dich aus dem Urgestein!* Habt ihr alles mitbekommen, oder soll ich ihn noch einmal wiederholen?"

Doch Bibi und ihre Mutter schüttelten energisch die Köpfe. Sie hatten sich jedes Wort genau eingeprägt. Nun mussten sie nur noch bis Mitternacht warten. Wie langsam verging die Zeit!

„Jetzt! Es ist so weit!" Endlich bückte sich Mania und nahm das Ei hoch. „Folgt mir hinaus in den Garten. Wir gehen auf die Wiese, wo der Mond keinen Schatten wirft."

Es war schaurig-schön romantisch draußen. Der Wind rauschte leise in den Blättern, und von irgendwoher rief ein Käuzchen. Sonst war nichts zu hören. Bibi zitterte ein wenig, aber nicht vor Angst oder vor Kälte. Sie war aufgeregt wie nie zuvor in ihrem Leben. Schließlich kam es ja nicht alle Tage vor, dass sie zusehen durfte, wie ein Dino-Baby schlüpft.

Mania, Bibi und ihre Mutter bildeten einen Kreis und streckten die Hände in die Luft. Auf Manias Kommando sagten sie gemeinsam laut und eindringlich den Hexspruch auf.

„Totenschrein und Höllenpein, Elfenbein und Zipperlein. Eene meene

Mondenschein, erheb dich aus dem Urgestein! Hex-hex!“

Augenblicklich ertönte ein gewaltiges Hexgeräusch, und als es verklungen war, hörten die drei Hexen, wie knirschend und krachend der uralte Stein zerbrach. Bibi kuschelte sich ganz eng an ihre Mutter und Barbara Blocksberg nahm ihr Hexentöchterchen fest in den Arm. Mit angehaltenem Atem bewunderten sie das unglaubliche Schauspiel, das sich ihnen bot. Dann ertönte ein leises Winseln und Fiepen. Bibi bückte sich schnell und nahm den winzigen Saurier auf den Arm. Er schien keine Angst zu haben, legte sich auf den Rücken und ließ sich von Bibi den Bauch kraulen.

„Du hast jetzt eine große Verantwortung übernommen, Junghexe Bibi Blocksberg“, sagte Mania, als sie die Eierschalen aufgesammelt und in den Taschen ihres Kleides verstaut hatte. „Der kleine Saurier betrachtet dich nun als seine Mutter, weil du das erste Wesen bist, das sich ihm zugewendet hat.“

„Hast du gehört, Dinolein?“ Bibi rieb zärtlich ihre Nase an der feuchten Schnauze des Dino-Babys. „Du hast jetzt eine Mami. Und wenn ich deine Mami bin, dann ist Flori dein Papi!“

Wie der Dino wächst

Gerade wollten die drei Hexen mit ihrem Dino-Baby zurück ins Haus gehen, da ertönten auf dem Kiesweg schnelle Schritte und eine bekannte Stimme rief: „Hallöchen! Hallöchen! Welch illustre Runde treffe ich denn bei Vollmond hier im Garten?"

„Hallo! Guten Abend, Frau Kolumna!", rief Bibi und winkte der rasenden Reporterin zu, die auf sie zugeeilt kam.

„Was suchen Sie denn hier?", fuhr Mania die nächtliche Besucherin an.

„Ach, wissen Sie, ich hatte Spätdienst

in der Redaktion", erklärte Frau Kolumna munter. „Als ich auf dem Heimweg war, hörte ich ein sehr lautes, mir wohlbekanntes Hexgeräusch. Davon muss die halbe Stadt aufgeweckt worden sein."

„Das ist der Nachteil von diesen Dreifachsprüchen", sagte Mania verärgert. „Sie sind einfach zu laut." Dann warf sie Frau Blocksberg einen Blick zu, als würde sie sagen: Sieh zu, dass du die Pressemaus loswirst!

„Frau Kolumna, seien Sie mir bitte nicht böse", sagte Bibis Mutter dann auch gleich, „aber das ist jetzt wohl nicht der richtige Zeitpunkt für einen Besuch."

„Das ist gut, wenn ich störe!", meinte die rasende Reporterin. So schnell ließ sie sich nicht abwimmeln. „Dann ist immer etwas Aufregendes passiert. Und? Ist etwas bei euch passiert, Bibilein? Du sagst ja gar nichts."

„Ich bin Mami!", platzte Bibi heraus und hielt Frau Kolumna den kleinen Dino unter die Nase. Die zuckte erschrocken zurück.

„Du bist was?! Huch, was hast du denn da auf dem Arm, Kindchen?"

„Einen Dinosaurier, Frau Kolumna!"

„Ja, natürlich, Kindchen! Du hast ja so recht! Ich habe mir übrigens heute Morgen mit unserem Kirchturm in den Ohren gebohrt. Aha-haha! Aber jetzt im Ernst, Bibi: Was ist das für ein possierliches Tierchen? Ein Mini-Krokodil?"

„Ich hab's doch gerade gesagt! Ein Dino. Wirklich. Ein Dino aus dem Ei vom Wandertag heute."

„Sensationell!", jubelte Frau Kolumna. „Deshalb findet hier also um Mitternacht diese Hexenversammlung statt. Was wirst du mit dem kleinen Wicht machen?"

Das hatte sich Bibi schon überlegt. Sie wollte ihm im Gartenhaus ein weiches Bett bauen und in der ersten Nacht bei ihm schlafen, damit er keine Angst bekam und damit er auch nichts anstellte. Ihre Mutter war von dieser Idee gar nicht begeistert. Auch Vater Bernhard wäre bestimmt nicht damit einverstanden gewesen.

„Kannst du ihn nicht mit zu dir nehmen, Tante Mania?", fragte sie.

„Der Saurier wird bestimmt nicht bei mir bleiben wollen“, lehnte Mania ab. „Er will zu seiner Mami, und das ist jetzt Bibi! Pass gut auf ihn auf, Kind, und wundere dich nicht, wenn er über Nacht wächst. Morgen ist er bestimmt schon so groß wie ein Pferd.“

Der kleine Dino gab einen putzigen Laut von sich, als würde er alles verstehen. Bibi drückte ihn noch fester an sich und murmelte ihm zärtliche Worte ins Ohr. Da seufzte Frau Blocksberg nur und ergab sich ihrem Schicksal. Bibi und der kleine Dino würden also den Rest der Nacht im Gartenhaus verbringen. Allerdings war der kleine Kerl dort auch vor neugierigen Augen geschützt. Ihr Mann betrat das Gartenhaus ohnehin nicht gern, weil er dann immer an die Gartenarbeit erinnert wurde.

Natürlich musste Frau Kolumna noch ein nächtliches Foto von Bibi und ihrem Dino machen. Sie brauchte schließlich Beweise für ihre Story.

„Sonst erscheint mein Artikel auf der Märchenseite“, erklärte sie. „Ahahahah!“

Dann verabschiedete sich die alte Mania. Auch für sie war es ein langer und aufregender Tag gewesen, und das viele Hexen hatte sie doch gewaltig angestrengt.

„So, Junghexe Bibi“, sagte sie. „Hier hast du ein Stück Eierschale für deinen Freund Florian. Den Rest behalte ich und nehme ihn mit. Lasst es mich gleich wissen, wenn ihr mich braucht. Adieu! *Eene meene Schreck, ich bin weg! Hex-hex!*“

Anschließend machte sich auch Karla Kolumna auf den Weg. Sie wollte umgehend noch einmal in die Redaktion der *Neustädter Zeitung* fahren. Ihr Exklusivbericht sollte unbedingt in der Frühausgabe auf die erste Seite kommen.

Bibi ging mit ihrer Mutter ins Haus, und sie holten Kissen und Decken für das Nachtlager im Gartenhaus. Als Liegestühle und Sonnenschirm zur Seite geräumt waren, blieb genug Platz für ein gemütliches Lager. Bibi legte den kleinen Dinosaurier neben sich auf das Kissen und deckte ihn warm zu. Dann schlüpfte sie unter ihre

eigene Decke und war ein paar Minuten später fest eingeschlafen.

Irgendwann in der Nacht wurde sie von einem unbekannten Geräusch geweckt. Es klang nach lautem Kauen und Schmatzen. Verwirrt fuhr Bibi hoch. Zuerst wusste sie nicht, wo sie war, aber der Mond schien durch das Fenster und sogleich erkannte sie die gewohnte Umgebung des Gartenhauses. Dann warf sie einen Blick auf das Kopfkissen neben sich. Es war leer! Doch nicht nur das – die Tür des Gartenhauses stand halb offen.

Bibi sprang von ihrem Bett auf und öffnete die Tür des Gartenhauses ganz. Bei den Himbeerbüschen an Nachbars Zaun stand das Dino-Baby und fraß eine Himbeere nach der anderen in sich hinein. Aber der Dino war nicht mehr so klein wie nach dem Schlüpfen aus dem Ei, nein, er war inzwischen schon so groß wie ein Pferdefohlen geworden. Wie hatte die alte Mania beim Abschied gesagt? „Morgen ist er bestimmt schon so groß wie ein Pferd."

Als das Dino-Junge seine „Mami" erblickte, grunzte es freundlich und trottete zum Haus. Es spähte in jedes Fenster, und als es vor dem offenen Schlafzimmerfenster von Herrn und Frau Blocksberg stand, machte es einen langen Hals und steckte den Kopf in das Zimmer.

Kurz darauf hörte Bibi die Stimme ihres Vaters.

„Barbara! Barbara! Ich träume gerade

so etwas Schreckliches! Da guckt ein Dinosaurier zum Fenster rein. Ich glaube, er will mich gleich auffressen!"

Ein Dino am Fenster? Das konnte nur Bibis Dino sein! Bevor ihr Mann noch richtig wach wurde, murmelte Frau Blocksberg schnell einen Hexspruch: *„Eene meene Kräutertee, träum von einer guten Fee. Hex-hex!"*

Herr Blocksberg stieß einen wohligen Seufzer aus, drehte sich auf die andere Seite und war gleich darauf selig weggeschnurpelt. Seine Frau sprang hastig aus dem Bett und eilte in den Garten. Wie angewurzelt blieb sie stehen. Der Dino war wieder zurück zu den Himbeersträuchern gestapft und tat sich weiter an den Früchten gütlich. Als der Strauch leer war,

beugte er sich über den Zaun zum Nachbargarten hinüber und fraß dort weiter.

„Mami, was sollen wir bloß tun?“, fragte Bibi ganz verschüchtert. „Wir können doch nicht zulassen, dass er die ganzen Büsche kahl frisst!“

„Nein, das können wir nicht!“, stellte ihre Mutter fest. „Kennst du den April-Spruch? Ja? Prima! Dann sagen wir den jetzt zusammen. Komm! *Eene meene Mai, April, Dino, du stehst still! Hex-hex!*“

Doch der Dino gab nur ein leises Grunzen von sich und sah sich im Garten nach weiteren essbaren Früchten um.

„Hätte ich bloß dieser dreifachen Hexerei nicht zugestimmt!“ Frau

Blocksberg machte sich Vorwürfe. „Ich habe es geahnt, dass was passiert. Wir allein kriegen deinen Dino nicht ruhig. Da muss Mania noch mal ran. Ich rufe gleich den Hexenraben!"

„Das musst du nicht, Barbara! Ich bin schon da!"

Ganz plötzlich stand die alte Mania neben ihnen im Garten. Und noch jemand war wieder da!

„Ein müdes Hallöchen zusammen! Ich bin auch allhier!", begrüßte Karla Kolumna die drei Hexen und gähnte herzhaft. „Wissen Sie, mir hat das Tierchen einfach keine Ruhe gelassen. Meine hochempfindliche Reporterinnennase hat plötzlich zu jucken angefangen. Und was muss ich sehen? Die Sensation!"

Der Dino blökte und grunzte, als hätte er alles verstanden und wackelte freudig mit seinem dicken Schwanz. Bibi kniete sich neben ihn und hielt ihn fest. Da schoss Karla Kolumna ein weiteres Foto.

„Für das Familienalbum. Ich kann unmöglich schreiben, dass ein so schnell wachsender Saurier in unserer Stadt ist. Wenn das die Leute bei ihrem Morgenkaffee lesen, geraten sie doch glatt in Panik!"

„Ich gerate auch gleich in Panik!", regte sich Bibis Mutter auf. „Jetzt frisst das Viech im anderen Nachbargarten die Tomaten auf. Mania, wir müssen was tun! Es wird schon hell, bald stehen die ersten Leute auf."

„Wir haben ihn zu dritt zum Leben

erweckt, dann können wir ihn auch zu dritt verkleinern", sagte Mania. „Mit Warzenschwein und eidechsenklein."

Was? So klein wie eine Eidechse? Das kam nicht in Frage. Bibi protestierte, aber sie wollte andererseits auch nicht, dass ihr Dino die Bewohner von Neustadt in Panik versetzte. Sie willigte schweren Herzens ein, fasste ihre Mutter und Tante Mania bei der Hand und gemeinsam sagten sie den Hexspruch: *„Eene meene Warzenschwein, Saurier eidechsenklein! Hexhex!"*

Das gewaltige Hexgeräusch ertönte, das Frau Kolumna auf die Spur des Sauriers gebracht hatte, und augenblicklich war der Dino so klein, dass er in dem grünen Gras kaum zu erkennen war. Er erschrak furchtbar, als die Menschen plötzlich riesengroß waren, und wollte sich unter einen Busch flüchten.

Zum Glück fiel Bibi sofort ein passender Hexspruch ein: *„Eene meene Diamant, Dinolein in meine Hand! Hex-hex!“*

Schwupp!, saß der Eidechsen-Dino auf Bibis Handfläche. Hier fühlte er sich wohl. Er begann freundlich zu grunzen und schleckte seiner „Mami“ die Finger ab.

Bibi ging mit ihm ins Haus und als sie wieder herauskam, trug sie das Wetterfroschglas in den Händen, in dem der Wetterfrosch Fritz-Fridolin eine Weile gewohnt hatte.

„Schade, dass Florian sein ‚Kind‘

nicht groß gesehen hat“, meinte Bibi bedauernd.

„Ich schenke ihm Abzüge von meinen Fotos“, bot sich Karla Kolumna an. „Die kann er sich in sein Zimmer hängen. Nur dumm, dass ich diesmal leer ausgehe, aber diese Geschichte kann ich wirklich nicht schreiben! Die glaubt mir niemand.“

„Wisst ihr was?“ Frau Blocksberg gähnte ausgiebig. „Ich mache für uns alle jetzt ein ganz leckeres Frühstück. Einverstanden?“

„Einverstanden!“, sagte Frau Kolumna. „Für mich aber kein Ei. Aha-haha!“

Bibi Blocksberg™

Wo ist Kartoffelbrei?

Nach Ulli Herzog

Zum Tee bei Barbara Blocksberg

„Also, ich muss schon sagen, so ein kleines gemütliches hexisches Beisammensein ist doch das Schönste, was es gibt. Nicht wahr, liebste Mania?“

Die Hexe Amanda strahlte vor Zufriedenheit und führte ihre Tasse mit dem starken, heißen Teufelskrauttee an den Mund. Dabei spreizte sie vornehm den kleinen Finger ab. Auch die alte Hexe Mania war voller Lob.

„Deine Schwefel-Sahne-Borkenkäfer-Torte ist heute ausgezeichnet gelungen, liebste Barbara!“

„Das freut mich, meine lieben Hexenschwestern!“ Barbara Blocksberg strahlte. „Das freut mich wirklich sehr. Wir sehen uns ja leider so selten, da habe ich mir besondere Mühe gegeben.“

„Du hast Recht“, stimmte Amanda zu und überlegte, ob sie noch ein Stück nehmen oder warten sollte, bis es die knusprigen Engerling-Kekse gab, zu denen ihre Freundin Barbara immer den selbst gemachten Gallapfelwein kredenzte. „Wir sollten uns viel häufiger treffen.“

Die anderen nickten zustimmend, und einige Minuten lang war nur das Klappern von Tassen und Löffeln zu hören. Ja, so eine Teegesellschaft bei Barbara Blocksberg war wirklich eine prima Sache. So ganz unter sich – denn Vater Bernhard Blocksberg war im Büro, und Bibi Blocksberg, die kleine Hexe, war auch noch nicht zu Hause. Sie fand es alles andere als spannend, sich von den Tanten ausfragen zu lassen. Am Ende wollten die noch wissen, ob sie in der Schule Fortschritte machte. Nein, Ausfragerei von Erwachsenen konnte Bibi überhaupt nicht ausstehen!

Nach einer Weile ergriff Mania wieder das Wort. „Sag mal, Barbara, ist die Torte nach dem Rezeptspruch Nummer 1230 gemacht?"

„Ja", antwortete Barbara Blocksberg. „Aber in meinem Hexbuch gibt es noch einen handschriftlichen Zusatz von meiner Großmutter. Den habe ich hinzugefügt beim Kuchenhexen. Jetzt schmeckt die Sahne besonders sauer und abgestanden."

„Hervorragend!", bemerkte Amanda. „Einfach hervorragend! Diesen Spruch musst du mir unbedingt aufschreiben, Barbara-Schätzchen. Übrigens ... da wir gerade bei Hexsprüchen sind: Ihr kennt doch den Spruch Nummer 666?"

„Natürlich." Bibis Mutter nickte. „Das ist doch der Mäusespruch aus dem Kapitel über das Kleinhexen."

„Genau!", meinte Amanda und kicherte verschmitzt. *„Eene meene saus und braus, Dingsbums werde eine Maus!* Also, ich war vor ein paar Tagen im Supermarkt einkaufen, weil es da gerade frische Kirschen im Sonderangebot gab. Ich wollte Marmelade daraus kochen."

Hmmm! Bei dem Gedanken an Amandas selbst gemachte Kirschenkonfitüre lief Barbara Blocksberg und Mania das Wasser im Mund zusammen. Amanda verschenkte diese Konfitüre immer zu Weihnachten an ihre Lieblingshexenschwestern.

„Ich stand gerade an der Kasse an", fuhr Amanda fort, „da kommt so ein dicker, schwitzender Typ anmarschiert und drängelt sich vor. Haha! Nicht mit mir, habe ich mir gesagt. Zum Glück hatte ich die Nummer 666 im Kopf."

„Na, ich ahne schon, was jetzt kommt." Mania unterdrückte ein Kichern. „Du hast den Spruch Nummer 667 gesagt!"

„So ist es! *Eene meene ei der Daus, Dicker werde eine Laus!*"

„Ach, du liebe Güte!" Frau Blocksberg schlug die Hände zusammen. „Dabei lassen sich Läuse so schwer zurückhexen, weil sie so klein sind. Wie hast du ihn denn wiedergefunden?"

„Er war der Kassiererin auf den Kopf gehüpft!" Amanda kicherte wie ein kleines Schulmädchen. „Als sie anfing sich zu kratzen, da wusste ich, wo ich zu suchen hatte!"

Die drei Hexen wollten sich fast ausschütten vor Lachen.

„Eine wunderbare Geschichte! Wirklich wunderbar." Frau Blocksberg rang nach Luft und wischte sich die Lachtränen aus dem Gesicht. „Aber mal was anderes ... Was ist eigentlich mit deiner Besensammlung, Mania? Hast du inzwischen ein neues Stück, damit du die magische Zahl zwölf voll kriegst?“

„Noch nicht, aber ...“ Mania machte ein kleine Pause, „ich bin hinter einer ganz besonderen Kostbarkeit her: einem spanischen Hexenbesen. El Flitzo heißt er. Leider wollen die Erben viel Geld für ihn. Zu viel Geld für eine arme, alte Hexe wie mich!“, fügte sie bedauernd hinzu.

Die beiden anderen Teilnehmerinnen des Teekränzchens wollten die alte Mania gerade trösten, da klingelte es an der Tür. Bibis Mutter ging öffnen.

„Hallöchen! Hallöchen, Frau Blocksberg!“ Es war Karla Kolumna, die rasende Reporterin von der *Neustädter Zeitung*. „Ich hoffe, ich störe nicht. Ich darf doch …?“

Frau Blocksberg schaute die unerwartete Besucherin ein wenig ratlos an. Natürlich störte die Reporterin beim gemütlichen Beisammensitzen mit Amanda und Mania. Aber unhöflich wollte Frau Blocksberg auch nicht sein.

„Guten Tag, Frau Kolumna“, sagte sie verlegen, „ich … äh … ich habe gerade Besuch und eigentlich …

„Macht nichts! Macht nichts!“ Die Reporterin ließ sich nicht so leicht abwimmeln. „Aber ein kleines Vögelchen hat mir gezwitschert, dass hier bei Ihnen drei weltberühmte Hexen beieinander sitzen. Da würde ich mich gern als vierte dazugesellen für ein klitzekleines Interviewchen. Aha-haha!"

Und schon stand Karla Kolumna im Flur und reckte ihren Hals zum Wohnzimmer hin. „Hallöchen, die Damen! Hallöchen!!!"

„Aber Frau Kolumna!", versuchte Barbara Blocksberg zu protestieren. „Sie sind nun wirklich keine ..."

„Keine Hexe? Hach, was glauben Sie, wie oft man schon zu mir ‚alte Hexe' gesagt hat!", lachte Karla und stürmte ins Wohnzimmer.

Frau Blocksberg fügte sich in das Unvermeidliche und wollte ihr gerade einen Platz anbieten, da ertönte ein ohrenbetäubender Krach! Die große

Scheibe des Wohnzimmers zerbrach mit lautem Klirren in tausend kleine Stücke. Mit Getöse kam Bibi auf ihrem Besen Kartoffelbrei hereingesaust, kurvte haarscharf über Manias Kopf hinweg und landete direkt vor Karla Kolumna auf dem Tisch mit dem Gesicht in der Torte.

Frau Blocksberg schlug die Hände vor das Gesicht. Der Anblick, der sich ihr bot, war auch zu schrecklich! Mania war in ihren Polstern nach hinten gerutscht und hatte sich in den Vorhängen verheddert, Amanda und Karla Kolumna waren über und über mit Sahne bekleckert.

„Mist!“, schimpfte Bibi, als ihr Gesicht wieder aus der Torte auftauchte.

„Bibi! Bibi Blocksberg!“ Ihre Mutter hatte sich wieder gefasst und stemmte wütend die Hände in die Hüften. „Wir haben Besuch!“

„Oh! Äh! … Entschuldigung …“ Verlegen wischte sich Bibi die Sahne aus dem Gesicht. „Guten Tag, Tante Mania. Hallo, Tante Amanda. Hallöchen, Frau Kolumna!“ Ihr war die ganze Sache schrecklich peinlich.

„Das war Kartoffelbrei! Er ist schuld. Er hat die Kurve nicht gekriegt!“, verteidigte sie sich.

Bibis Hexenbesen hüpfte empört zur Seite und huschte dann hinter Frau Blocksberg.

„Soso“, meinte Mania und schaute Bibi argwöhnisch an. „Dein Hexenbesen Kartoffelbrei war es also. Sehr interessant!“

„Keine Ausflüchte, Bibi! Kartoffelbrei ist nicht schuld, du bist zu wild geflogen.“ Die Augen ihrer Mutter funkelten vor Ärger. „Und jetzt hext du das alles sofort wieder sauber und heil! Alles zusammen: Kuchen, Kleid und Scheibe! In einem Spruch!“

Puh! Bibi verdrehte die Augen und kam ins Schwitzen. Das war nicht einfach! Sie überlegte angestrengt, holte dann tief Luft und legte los: *„Eene meene Eiersuchen, wieder lecker sei der Kuchen! Eene meene Jugendzeit, trocken sei Amandas Kleid! Eene meene Tintenschreibe, heil sei auch die Fensterscheibe!* Habe ich etwas vergessen?“

Sie blickte sich suchend um.

„Ach, ja, Kindchen!“, meldete sich Karla Kolumna zu Wort. Sie hatte schnell von dem ganzen Choas ein paar Fotos gemacht. „Wenn du bei dieser Gelegenheit auch gleich noch die Laufmasche in meinem Strumpf reparieren könntest …“

„Mach ich“, erklärte Bibi großzügig. *„Eene meene schwarze Asche, weg sei in Karlas Strumpf die Masche!* So, und jetzt für alles: *Hex-hex!*“

Funken sprühten, Sternchen blitzten und ein gewaltiges hexisches Pling-pling ertönte. Wie mit einem Wirbelwind war im Nu alles wieder in Ordnung. Die Fensterscheibe war heil, der Tisch gedeckt und der Kuchen stand unversehrt auf der Platte. Alle saßen wieder auf ihren Plätzen, als sei nichts geschehen. Frau Blocksberg schaute stolz, Amanda klatschte in die Hände, und auch Mania lächelte zufrieden.

„Gut gemacht, Bibilein!“, lobte Amanda.

„Also, du bist zwar manchmal kess und vorlaut, aber als Hexe sehr begabt“, sagte auch Mania anerkennend. Dann zeigte sie mit einem Finger auf Kartoffelbrei, der hinter Frau Blocksberg hervorschaute. „Einen wunderschönen Besen hast du da. So klein und niedlich. Wie heißt er denn, der struppige Wicht?“

„Er heißt Kartoffelbrei“, antwortete Bibi höflich. „Aber in letzter Zeit ist er oft bockig. Er macht Zicken und gehorcht nicht.“

„So, so“, die alte Mania schaute prüfend. „Na komm her, Kartoffelbrei!“, lockte sie dann und streckte die Hand aus. „Komm zu Tante Mania und lass dich mal streicheln.“

Der Hexenbesen kam langsam näher, und Mania konnte seine Borsten streicheln. Das schien Kartoffelbrei zu gefallen. Er reckte sich der alten Hexe entgegen, schmiegte sich in ihre Hand und genoss das zärtliche Streicheln wie eine verschmuste Katze.

Karla Kolumna hätte furchtbar gern ein paar Fotos davon gemacht, aber das ließen die drei erwachsenen Hexen nicht zu. Weil sie aber gar so sehr bettelte und drängte, verrieten ihr Mania, Amanda und Barbara Blocksberg einige Rezepte für Kräutertränke.

Darüber konnte sie dann auf ihrer Gesundheitsseite in der Zeitung schreiben. Anschließend stärkte sich Karla Kolumna noch mit einem Tässchen Kaffee, den Bibis Mutter extra für sie aufbrühte, anschließend machte sie sich wieder auf den Weg in ihre Redaktion.

Auch für Mania und Amanda wurde es Zeit zum Aufbruch. Bibi half ihrer Mutter beim Abräumen und Spülen des Geschirrs, dann hielt sie Ausschau nach ihrem Vater, der um diese Zeit immer aus dem Büro kam.

Eine harte Strafe

Bernhard Blocksberg war alles andere als erfreut, als er von Bibis Sturzflug durch die Fensterscheibe des Wohnzimmers hörte. Die Scheibe war zwar wieder heil gehext, aber Bibis Vater war trotzdem verärgert. Sehr verärgert. Er nahm Bibi zur Seite und sprach unter vier Augen ein ernstes Wort mit ihr.

„Es geht mir nicht um die Scheibe, es ist diese bodenlos leichtsinnige Fliegerei, die mich so aufregt!“, erboste er sich.

„Ach, Papi! Das kann doch mal

passieren", versuchte Bibi ihn zu beruhigen. „Kartoffelbrei hat eben die Kurve nicht gekriegt."

„Ach nein!" Herr Blocksberg verzog das Gesicht. „Jetzt ist wieder mal dein Kartoffelbrei an allem schuld. Schieb nicht immer alles auf deinen Besen. Außerdem hast du dich mit der Bruchlandung vor Mania und Amanda blamiert. Und wenn du dich blamierst, dann blamierst du auch mich. Ist dir das nicht peinlich, Bibi?"

„Doch, Papi", gab Bibi kleinlaut zu. „Aber was soll ich denn machen? Kartoffelbrei war eben heute Nachmittag nicht in Form. Und wenn er nicht so will wie ich, dann … dann hat er eben versagt!"

Kaum hatte Bibi diese schwerwiegende Anschuldigung ausgesprochen, kam Bewegung in ihren Hexenbesen. Kartoffelbrei machte ein paar wilde, ärgerliche Sprünge und fuhr mit seinen Borsten der kleinen Hexe kräftig über das Gesicht. Bibi hatte Mühe ihn abzuwehren.

„Siehst du!“ Herr Blocksberg schaute seine Tochter streng an. „Wenn ich das richtig verstehe, hast du dein Fluggerät soeben tief beleidigt.“

„Pfff!“, machte Bibi lässig. „Und wenn schon. Damit muss er leben.“

„Na schön!“ Herr Blocksberg warf noch einen Blick auf Kartoffelbrei, der jetzt traurig die Borsten hängen ließ, und wandte sich zur Tür. „Wenn du der Ansicht bist, dein Besen sei an allem schuld, dann benötigst du ihn ja auch nicht mehr. Ich werde ihn für drei Tage wegschließen. Und wenn du keinen Besen hast, dann brauchst du auch nicht zu hexen. Das heißt im Klartext: Du bekommst für drei Tage Hexverbot!“

Vor Schreck blieb Bibi der Mund offen stehen. Sie blinzelte ein paarmal und schüttelte den Kopf, als hätte sie Wasser in die Ohren bekommen.

„Papi! Hast du drei Tage gesagt?!“, rief sie erschrocken. „Drei Tage ohne Hexen halte ich nicht aus!“

„Ich habe mein ganzes Leben lang noch nicht gehext!“, beendete Herr Blocksberg seine Standpauke. „Und ich halte das sehr gut aus! Das war mein letztes Wort zu diesem Thema!“

Bibi versuchte nun ihre Mutter

rumzukriegen, noch einmal mit ihrem Papi zu reden. Aber Frau Blocksberg dachte gar nicht daran. Sie war auch nicht über das Theater am Nachmittag erfreut gewesen und fand, dass ihre Tochter schon eine kleine Strafe verdient hatte. Drei Tage Hexverbot, das war nur gerecht.

Kartoffelbrei wurde noch am selben Abend in eine Kiste im Keller eingeschlossen, und Herr Blocksberg nahm den Schlüssel an sich. Da konnte Bibi noch so sehr betteln und schmeicheln, die Kiste blieb zu und das Hexverbot bestehen.

Die nächsten drei Tage waren für Bibi entsetzlich lang. Immer wieder ertappte sie sich dabei, wie sie einen Hexspruch sagen wollte, immer wieder wollte sie ihren Kartoffelbrei rufen und mit ihm losfliegen. In der Schule träumte sie im Unterricht vor sich hin und passte so wenig auf, dass sie sogar einen Eintrag ins Klassenbuch bekam. Nicht hexen zu dürfen und ohne Kartoffelbrei – das war eine schlimme Sache für Bibi.

Doch dann endlich kam der vierte Tag. Zum Frühstück erschien Bibi mit strahlendem Gesicht und gut gelaunt. Sie begrüßte ihre Eltern mit einem liebevollen Küsschen.

„Guten Morgen, Mami! Guten Morgen, Papi! Habt ihr gut geschlafen?“, fragte sie und setzte sich. Ihr Vater blickte von seiner Zeitung auf und schaute die Tochter verblüfft an.

„Oh! Was ist denn mit dir los? Du hast ja blendende Laune heute."

„Heute ist auch Freitag, Papi!"

„Freitag? Na und, ist da was Besonderes?", brubbelte Herr Blocksberg und schaute wieder in die Zeitung.

„Natürlich!" Bibi sah ihn kess an. „Das Hexverbot ist aufgehoben!"

„Ah! Das hatte ich ja völlig vergessen", sagte Herr Blocksberg und hielt seiner Frau die Kaffeetasse hin. „Hast du bitte noch ein Schlückchen Kaffee für mich, Barbara?"

„Halt! Warte, Papi!" Bibi sprang von ihrem Stuhl auf. „Ich will mal sehen, ob es noch geht. *Eene meene große Klasse, voll ist Papis Kaffeetasse! Hex-hex!*"

Augenblicklich bewegte sich die

Kaffeekanne zwischen funkelnden Hexsternchen auf Herrn Blocksbergs Tasse zu und füllte sie. Herr Blocksberg runzelte missmutig die Stirn, stellte die Tasse auf dem Tisch ab und schob seinen Stuhl zurück.

„Geht das schon wieder los?“, fragte er etwas genervt.

Bibi überhörte es und fragte mit schmeichlerischer Stimme: „Papi, kann ich Kartoffelbrei wiederhaben? Bitte!“

Herr Blocksberg griff in die Hosentasche und zog einen Schlüssel hervor. Er gab ihn Bibi.

„Wenn ich ehrlich bin, auf deinen Kartoffelbrei könnte ich schon noch ein paar Tage verzichten. Aber bitte. Dein Besen ist im Keller in der alten Truhe. Hier ist der Schlüssel dafür.

Aber schließ hinterher wieder ab, hörst du?", rief er Bibi nach, die schon an der Tür war.

„Mach ich!", rief Bibi über die Schulter zurück und lief weiter zur Kellertreppe. Herr Blocksberg sah seiner Tochter kopfschüttelnd nach.

„Ach, war das schön ruhig in den letzten Tagen!", seufzte er.

„Aber Bibi freut sich doch so", sagte Frau Blocksberg besänftigend. „Außerdem ist sie nach solch einem Hexverbot immer viel ruhiger."

„Hoffentlich!", entgegnete Herr Blocksberg und blickte auf den Korb mit den Brötchen. Sollte er sich noch ein Mohnbrötchen nehmen oder ein Vollkornbrötchen? Da erklang aus dem Keller Bibis Stimme.

„Papi, du bist ein Schwindler! Du hast Kartoffelbrei nicht in die Truhe geschlossen! Das ist gemein!"

„Natürlich habe ich ihn da eingeschlossen!", rief Herr Blocksberg zurück. Dann blickte er seine Frau an. „Das gibt's doch gar nicht. Barbara-Mäuschen, hast du vielleicht …?"

„Aber Bernhard!", kam die entrüstete Antwort. „Ich habe ihn nicht angerührt! Das Hexverbot war allein eine Sache zwischen euch beiden. Da mische ich mich nicht ein!"

„Merkwürdig. Wo kann er denn sein?", überlegte Herr Blocksberg, erhob sich von seinem Stuhl und ging hinaus in den Flur. Seine Frau stand ebenfalls auf und folgte ihm.

Wo ist Kartoffelbrei?

Im Keller hing Bibi mit dem Oberkörper in der alten Truhe und suchte fieberhaft nach ihrem Besen. Alles Mögliche fand sie darin: Babysachen, ein Briefmarkenalbum von ihrem Vater, einen Plastiksack mit Kuscheltieren, Bücher und Spielzeug, aber keinen Hexenbesen. Sie war ratlos. Plötzlich entdeckte sie in der Vorderwand der Truhe ein Loch. Es war groß genug, dass ein Besen bequem hindurchpasste.

„Mein Wuschel ist weg!" Bibi schluchzte auf und ließ sich auf eine

Kiste plumpsen. „Mein Kartoffelbrei ist gestohlen worden!“

„Unsinn!“ Herr Blocksberg ging zu der Truhe und schaute prüfend hinein. „Außer uns kann doch niemand in den Keller. Und welcher Einbrecher klaut einen Besen und lässt die wertvollen Briefmarken liegen?“

Doch so sehr er sich umschaute, auch Bibis Vater fand keine Spur von Kartoffelbrei. Da gab es nur eine Erklärung: Der Besen musste sich durch die Gitterstäbe des Kellerfensters gezwängt und davongemacht haben. Barbara Blocksberg war der gleichen Ansicht, nur Bibi wollte nichts davon hören.

„Das sagst du jetzt bloß so, Papi!“, schluchzte sie. „Gib's doch zu: Du

hast meinen Wuschel ganz woanders versteckt, weil du meine Fliegerei nicht leiden kannst!“

„Bibi! Hör mit solchen Verdächtigungen auf!“ Auf der Stirn ihres Vaters erschien eine Zornesfalte. „Ich lüge dich nicht an! Du kannst von mir aus das ganze Haus auf den Kopf stellen. Hex alle Schränke, Schubladen und Koffer auf und schau nach. Ich habe deinen Besen vor vier Tagen das letzte Mal gesehen, und wenn er jetzt fort ist, kann ich nichts dafür!“

Die drei kehrten an den Frühstückstisch zurück, aber Appetit hatte jetzt keiner mehr. Herr Blocksberg verabschiedete sich deshalb schnell von seinen beiden Frauen. Bibi machte sich ebenfalls auf den Weg und schlich wie ein begossener Pudel in die Schule. Der Vormittag wollte und wollte nicht vorbeigehen, und es kam ihr wie eine Ewigkeit vor, bis die Glocke zum Unterrichtsschluss läutete.

Gleich nach dem Mittagessen suchte Bibi das ganze Haus ab. Sie rief und lockte, sie kehrte das Unterste zuoberst, kroch unter Betten und schaute auf Schränken nach. Sie suchte und suchte, aber von Kartoffelbrei war auch jetzt nichts zu sehen. Er war und blieb unauffindbar. Obwohl ihr Vater seine Unschuld beteuert hatte, wurde Bibi den Verdacht nicht los, dass er etwas mit dem spurlosen Verschwinden von Kartoffelbrei zu tun hatte.

Sie überlegte: Wo könnte er ihn

versteckt haben, dass seine Tochter nicht drankam? Eigentlich blieb nur noch sein Büro übrig. Dort wollte sie nachsehen. Bibi wartete bis zum späten Nachmittag und ging dann zu der Firma, in der ihr Vater arbeitete. Es war schon Büroschluss, und nur die Putzfrau Patschke hielt sich noch in dem Stockwerk auf, in dem Herr Blocksberg sein Büro hatte.

Frau Patschke hatte bereits die Papierkörbe geleert und begann nun die Schreibtische feucht zu wischen und trocken nachzureiben. In ihrem Eifer hörte sie Bibi nicht kommen und erschrak furchtbar, als die kleine Hexe plötzlich in der Tür stand und freundlich „Hallo, Frau Patschke! Schönen guten Abend!“ sagte.

„Also, wenn du deinen Vater abholen willst, Bibi, der ist schon weg. Heute am Freitag ist früher Feierabend. Die sind alle schon nach Hause gegangen."

„Weiß ich", sagte Bibi und nickte mit dem Kopf. Dabei überlegte sie fieberhaft, was für eine Ausrede sie benutzen könnte, um ihren Besuch in dem leeren Bürogebäude zu erklären. „Ich will ja auch nur … äh … ach ja", endlich hatte sie eine Idee: „Papi hat seine Schlüssel hier liegen gelassen. Die soll ich für ihn holen."

Frau Patschke hatte keine Schlüssel gesehen und ließ Bibi in Ruhe allein suchen, sie selbst hatte ja genug zu putzen. Bibi durchstöberte alle Schreibtische und Rollschränke, zog Schubladen heraus und öffnete Türen.

Dabei murmelte sie leise vor sich hin: „Hier ist nichts … und hier auch nicht … So ein Mist … Und da? … Auch nicht! Ach, Wuschel, wo steckst du nur?“

Doch kein Wuschel war weit und breit zu sehen. Da fiel Bibis Blick auf Frau Patschkes altmodischen Kehrbesen in der Ecke. Sie stutzte.

„Was haben Sie denn da für einen Besen?“, fragte sie. „Haben Sie den schon lange?“

„Nein, der ist ziemlich neu“, antwortete Frau Patschke und wienerte eine Schreibtischplatte auf Hochglanz. „Den habe ich seit ein paar Tagen. Aber wieso interessierst du dich für meinen Besen?“ Sie lachte. „Willst du mir vielleicht beim Putzen helfen?“

Bibi schüttelte heftig den Kopf. Es genügte schon, wenn sie zu Hause ihr Zimmer aufräumen musste. Putzen war ganz bestimmt kein Hobby von ihr. Sie nahm den Besen in die Hände und betrachtete ihn genau.

„Mhmmm … Du siehst aus wie Kartoffelbrei. Bist du es, oder bist du es nicht? Das will ich jetzt genau wissen! *Eene meene mei, flieg los, Kartoffelbrei! Hex-hex! … Hex-hex! … Hex-hex!* Ach, Mist, er ist es nicht!“, schimpfte sie, als Frau Patschkes Besen sich nicht rührte. „Es ist bloß so ein blöder Putzbesen!“

„Was hast du denn gedacht, was das ist?“,wunderte sich Frau Patschke. „Ein Hexenbesen? Wolltest du mit meinem Besen Hexe spielen, Bibi?

Und ich dachte schon, du wolltest mir helfen."

„Dazu habe ich keine Zeit, ich muss noch Hausaufgaben machen!", rief Bibi eilig und huschte zur Tür. „Und Hexe muss ich gar nicht spielen, ich bin ja eine. Tschüs, Frau Patschke!" Leise setzte sie hinzu: „Aber ohne Besen bin ich nur eine halbe Hexe!"

Doch das hatte Frau Patschke schon gar nicht mehr gehört.

Die Suchaktion beginnt

Enttäuscht und sehr traurig lief Bibi nach Hause. Wo sollte sie denn jetzt noch suchen? Im Haus war Kartoffelbrei nicht, in Papis Büro war er auch nicht … er konnte sich doch nicht in Luft aufgelöst haben!

Daheim angekommen, warf sich Bibi schluchzend in die Arme ihrer Mutter. Frau Blocksberg verstand den Kummer der Tochter sehr gut, aber wie sollte sie helfen? Sie konnte ihre Bibi nur trösten.

„Na, komm, hör auf zu weinen!“, sagte sie zärtlich und strich Bibi sanft übers Haar. „Glaub mir, wenn dein Kartoffelbrei so plötzlich spurlos verschwunden ist, dann kann es nur eine Möglichkeit geben: Er hat sich selbstständig gemacht. Es war ja ein Loch in der Truhe."

„Machen sich Hexenbesen denn manchmal selbstständig?", fragte Bibi unter Tränen.

„In besonderen, seltenen Fällen können sie das. Komm wir rufen am besten mal Tante Amanda an. Vielleicht weiß sie Rat", schlug ihre Mutter vor. „Tante Amanda hat in der Hexenschule Flugunterricht gegeben, die kennt sich mit Besen gut aus."

Als Amanda am Telefon erfuhr, was passiert war, versprach sie sofort zu kommen. Ein Hexenbesen, der einfach getürmt war – das hatte sie in ihrer langjährigen Hexenlaufbahn allerdings noch nicht erlebt. Was also war vorgefallen? Amanda ließ sich von Bibi und ihrer Mutter die ganze Geschichte noch einmal erzählen.

„Tja, meine Lieben“, meinte Amanda nachdenklich, „irgendwo muss Kartoffelbrei ja sein. Ich denke, er ist verschwunden, weil er sich schlecht behandelt fühlt. Sicher ist er beleidigt.“

„Ich hab bloß gesagt, dass er die Kurve nicht gekriegt hat“, verteidigte sich Bibi. „Das war doch keine Beleidigung!“

„O doch!“, widersprach ihr Amanda. „*Du* hast die Kurve nicht gekriegt und ihm die Schuld gegeben. Damit hast

du Kartoffelbrei tief beleidigt, das hat er dir übel genommen."

„Außerdem war er drei Tage und drei Nächte lang in einer dunklen Truhe im Keller eingesperrt", ergänzte Barbara Blocksberg. „Wenn das mit mir jemand gemacht hätte, wäre ich auch abgehauen."

„Und nun?", fragte Bibi kleinlaut. „Was ist nun mit meinem Wuschel?"

„Er wird sich getarnt haben, damit ihn niemand findet", vermutete Amanda. „Ich könnte mir vorstellen, dass er sich nach seiner Flucht in einen echten Besen verwandelt hat. Dann sieht er aus wie einer von den tausend normalen Kehrbesen hier in Neustadt."

„Einen habe ich schon ausprobiert",

meinte Bibi eifrig. „Aber der war es nicht!"

„Wir müssen ihn suchen. Aber es wird nicht einfach sein, ihn zu finden." Frau Blocksberg ging zum Telefon. „Ich rufe am besten Frau Kolumna an, die muss uns helfen!"

Die rasende Reporterin war gleich Feuer und Flamme, als sie die Nachricht von Kartoffelbreis Verschwinden hörte. Das war endlich wieder einmal eine Sensation, über die es sich zu schreiben lohnte. Sie setzte sich noch am selben Abend an ihre Schreibmaschine und tippte einen rührenden, herzerweichenden Suchartikel. Sogar ein Archivfoto von Bibis Hexenbesen hatte sie aufgetrieben.

Am nächsten Morgen in aller Frühe

klingelte es Sturm bei den Blocksbergs, und eine aufgeregte Karla Kolumna hielt der überraschten Frau Blocksberg die neueste Ausgabe der *Neustädter Zeitung* unter die Nase.

„WO IST KARTOFFELBREI?", lautete die Schlagzeile und darunter stand: „Ist Ihr Besen vielleicht ein Hexenbesen? Liebe Leserinnen und Leser, setzen Sie sich gleich auf Ihren Besen und sagen Sie zu ihm: *Eene meene mei, flieg los, Kartoffelbrei! Hex-hex!* Wenn er plötzlich mit Ihnen losfliegt, dann lenken Sie ihn zum Pressehaus und holen Sie sich dort Ihre Belohnung ab!"

„Eine Belohnung?" Frau Blocksberg musste zweimal hinsehen, so unglaublich fand sie das soeben Gelesene.

„Aber Frau Kolumna! Sie wissen doch, nur wir Hexen können fliegen! Das dürfen Sie doch nicht schreiben!"

„Papperlapapp!" Die rasende Reporterin lachte und wedelte mit der Zeitung in der Luft herum. „Das habe ich doch nur geschrieben, weil es sich so sensationell liest. Natürlich funktioniert es nicht. Aber das können die Leute bei uns in der Stadt natürlich nicht wissen. Die rutschen jetzt bestimmt alle auf ihren Besen herum und versuchen zu fliegen. Das muss ich unbedingt fotografieren! Das gibt sensationelle Fotos! Tschü-hüs! Bis später!"

Bevor Frau Blocksberg noch etwas sagen konnte, war Karla Kolumna schon wieder zur Tür hinausgeeilt.

Wie sie es vorausgesehen hatte, waren die Bewohner von Neustadt total aus dem Häuschen, nachdem sie den Artikel in der Zeitung gelesen hatten. Die Leute befanden sich in einem regelrechten Hexenbesenfieber. Wer daheim einen Besen hatte, probierte den Hexspruch an ihm aus und war natürlich sehr enttäuscht, dass er nicht flog. Die Putzfrau Patschke versuchte ihr Glück, der Schornsteinfeger der Stadt versuchte seinen Kehrbesen zum Fliegen zu überreden, und sogar der städtische Straßenfeger wurde Opfer der Suchaktion.

Ein kleiner Junge sah ihn und unterbrach ihn bei der Arbeit. Er deutete auf den Besen, mit dem der Mann gerade den Gehweg kehrte.

„Wissen Sie eigentlich, dass Sie mit Kartoffelbrei die Straße fegen?", fragte er.

„Kartoffelbrei?" Der Mann grinste. „Nein, das ist mir neu. Ich dachte, ich fege mit Pommes frites oder Spaghetti. Hahahah!" Er lachte über seinen kleinen Scherz.

„Nein, im Ernst!", klärte ihn der Junge auf. „Der Besen, den Sie da haben, der heißt Kartoffelbrei und ist der verschwundene Hexenbesen von Bibi Blocksberg."

Richtig! Jetzt fiel es dem Straßenkehrer wieder ein. Er hatte in der Zeitung darüber gelesen. Natürlich wollte er sich gern die Belohnung verdienen, deshalb setzte er sich rittlings auf den Besenstiel, überlegte kurz, wie der Spruch geheißen hatte, und rief dann: *„Träne, lene, eins, zwei, drei, steige auf, Salzkartoffel!"*

Doch nichts geschah. Der Straßenkehrer blieb am Boden. Da half auch der richtige Hexspruch nichts, den der Junge in der Zeitung gelesen hatte und ihm zurief. Der Besen dachte gar nicht daran, zu fliegen!

Aber noch etwas passierte nach Karlas Artikel. Den ganzen Vormittag über klingelte bei der Familie Blocksberg das Telefon, und viele, viele Besen wurden als der echte und wahre Kartoffelbrei angeboten. Andere Zeitungsleser kamen persönlich vorbei und brachten ihre Besen. Bis zum Nachmittag waren es schon über hundert Stück, die im Vorgarten lagen oder an der Hauswand lehnten: Besen mit kurzen Borsten und langen Borsten, mit rotem, gelbem und grünem Stiel. Besen, Besen, nichts als Besen! Nur ein Besen war nicht dabei: Kartoffelbrei!

Familie Blocksberg beschloss deshalb einen Familienrat abzuhalten, bevor sie noch in einem Besenberg erstickte. Amanda hatten sie auch gebeten daran teilzunehmen. Gemeinsam beratschlagten sie, was zu tun sei.

„Wenn das so weitergeht, dann wandere ich aus!“ Bernhard Blocksberg hatte die Arme über der Brust verschränkt und funkelte Frau und Tochter verärgert an. „Ich lasse mich scheiden, trenne mich von euch und nehme einen anderen Namen an!“

„Ach ja? Mehr nicht, Bernhard-Schätzchen?“, fragte Frau Blocksberg trocken.

„Das reicht ja wohl, oder?“, entgegnete Herr Blocksberg. „Gibt es denn in dieser Familie kein anderes Thema mehr als nur diesen blöden Besen? … Auf dem Tisch kein anständiges Mittagessen mehr, haufenweise Besen im Vorgarten, und ständig fremde Leute, die einem gute Ratschläge geben … Genug! Ich bin auch noch da!“

„Das ist nicht zu überhören!“, stellte seine Frau fest. „Aber unsere Tochter ist unglücklich. Willst du das?“

„Natürlich nicht“, brummte Bernhard Blocksberg verlegen. „Aber ohne Besen geht es schließlich auch.“

„Nein!“, schrie Bibi auf. „Ohne Besen geht eben nichts! Und du bist an allem schuld, Papi! Wenn du Kartoffelbrei nicht ...“

Beinahe hätten Vater und Tochter begonnen heftig miteinander zu streiten, aber Amanda hob abwehrend die Hände und rief: „Friede! Friede! Macht es nicht noch schlimmer, als es ist!“ Sie wartete, bis Ruhe eingekehrt war, und fuhr dann fort: „Eins muss uns klar sein: So geht das nicht weiter! Wir können nicht jeden Besen, der hier abgegeben wird, kontrollieren.“

Sie schaute alle in der Runde an. Dann blieb ihr Blick an Bibi hängen.

„Bibi, was würdest du machen, wenn dein Vater dich beleidigt hätte?“

„Na, na, na! Ich muss doch bitten,

Amanda!“, protestierte Bernhard Blocksberg. „So etwas kommt bei uns nicht vor!“

„Natürlich, ich weiß. Ich sage ja auch, wenn!“ Amanda unterdrückte ein Schmunzeln. „Also, Bibi, was würdest du machen?“

Bibi überlegte kurz. „Ich würde mich verkriechen.“

„Wo würdest du dich verkriechen?“

„Na, in meinem Zimmer natürlich. Wo soll ich denn sonst hin? Oder, wenn ich könnte, wie ich wollte, dann würde ich dorthin gehen, wo man mich lieb hat. … Wo man mich versteht, wo es mir besser geht … wo man mich streichelt …“

„Siehst du“, sagte Amanda nach einer kleinen Pause, „und so muss es deinem kleinen Wuschel zumute gewesen sein."

„Aber wo glaubt er denn, dass er es besser haben könnte?", fragte Bibi erschrocken. „Was denkt so ein Besen?"

Bevor noch Amanda antworten konnte, brauste Herr Blocksberg erneut auf.

„Ich glaube, ich höre nicht richtig! Was ‚denkt' so ein Besen? … Was ‚denkt' meine Haarbürste? Was ‚denkt' meine Nagelfeile? Ihr tickt ja nicht richtig, meine Damen!"

Amanda brachte ihn mit einer Handbewegung zum Schweigen. Das konnte er nicht verstehen, das hier war Hexenangelegenheit. Herr Blocksberg schaute beleidigt zur Seite.

„Wann hast du Kartoffelbrei das letzte Mal gestreichelt, Bibi?“, bohrte Amanda nach. Sie glaubte auf der richtigen Spur zu sein. Bibi dachte kurz nach, dann erinnerte sie sich: Vor ein paar Tagen vor dem Schlafengehen hatte sie ihren geliebten Wuschel noch einmal gestreichelt. Ja, das war das letzte Mal gewesen. Doch halt! Nein, das stimmte ja gar nicht! Am Nachmittag, beim Hexen-Teetrinken hatte Tante Mania nach dem Namen ihres Besens gefragt und ihn anschließend ganz lieb gestreichelt. *Das* war das letzte Mal! Danach hatte ihr Vater das Hexverbot ausgesprochen, und Kartoffelbrei war in den Keller verbannt worden.

„Das ist es!“, rief Amanda. „Ich war

ja dabei! Dass wir nicht früher darauf gekommen sind! Kartoffelbrei ist natürlich bei Mania!“

In Manias Hexenhaus

Seit die alte Hexe Mania pensioniert war und ihre Hexenschule aufgegeben hatte, wohnte sie ganz allein in einem kleinen Hexenhäuschen auf einer Lichtung mitten im Wald. Zu dem Haus führten keine Wege. Wer Mania besuchen wollte, der musste mit dem Besen anreisen. Das Haus war sehr romantisch gelegen, mit vielen prächtigen Wildblumen drum herum und einem Hexenkräutergarten, auf den Mania sehr stolz war.

Von Neustadt aus flogen die drei Hexen – Barbara Blocksberg mit ihrer Tochter auf ihrem Hexenbesen Baldrian, Amanda auf ihrem Lumpazi – nach Osten über den Fluss, über den Neustädter Forst weiter über die Berge. Hinter den Bergen lag in einer Talsenke in einem Naturschutzgebiet Manias Haus. Schon von weitem sahen die Hexen, wie sich zwischen den dunklen Bäumen eine weiße Rauchwolke in die Luft kräuselte.

Der kleinen Hexe Bibi Blocksberg war ganz mulmig zumute, als sie sich Manias Haus näherten. War Kartoffelbrei wirklich zu Mania geflüchtet, weil sie ihn beleidigt hatte? Und wenn er nicht bei ihr war? Was dann? Amanda schien Bibis Gedanken zu erraten.

„Meine Hexenschwester Mania hat

eine große Besensammlung in ihrem Besenmuseum. Wenn wir deinen Kartoffelbrei bei ihr nicht finden, dann gibt sie dir sicher einen ab."

Doch das tröstete Bibi nicht. Sie wollte ihren Wuschel wiederhaben! Ihren Wuschel und sonst keinen!

Langsam ließen Barbara Blocksberg und Amanda ihre Besen niedriger fliegen und gaben ihnen dann das Kommando zur Landung.

„*Eene meene bazi, lande sanft, Lumpazi!*", befahl Amanda. „*Hex-hex!*"

„*Eene meene Schlendrian, du landest auch, mein Baldrian!*", rief Frau Blocksberg. „*Hex-hex!*"

Die drei stiegen von den Besen herunter und gingen zur Tür. Barbara Blocksberg klopfte an. Kurz darauf fragte eine bekannte Stimme von innen: „Knusper, knusper, knäuschen, wer ist an meinem Häuschen?“

„Hörst du?“, sagte Amanda und blinzelte Bibi zu. „Mania ist eine der wenigen Hexen, die sich noch an die traditionelle Begrüßung halten. Ich bin’s, Mania!“, rief sie dann. „Amanda mit Barbara und Bibi!“

„Was wollt ihr Satansbraten von mir?“, gab Mania knurrig zurück. „Ihr stört!“

„Wir wollen dich besuchen, meine Liebe!“, sagte Barbara Blocksberg freundlich. „Einfach so!“

„Einfach so?“ Mania war misstrauisch. „Einfach so besucht mich niemand.“

Dann wurde langsam die Tür von

innen geöffnet und Mania steckte die Nase heraus. Sie kniff ein Auge zu, musterte ihre Besucherinnen und machte dann eine einladende Handbewegung. „Na schön, kommt trotzdem rein.“

Die drei betraten Manias Haus und folgten ihr ins Wohnzimmer. Dort roch es nach Keksen, Kuchen und Schokolade. Auf einer Stange saßen zwölf Eulen und blinzelten verschlafen, als der Besuch ins Zimmer trat. Auf dem Fensterbrett, auf Sesseln und Korbstühlen saßen und lagen Katzen. Zwölf Katzen zählte Bibi, zwölf war Manias magische Zahl.

„Kann ich euch eine Erfrischung anbieten?“, fragte Mania. „Wollt ihr etwas trinken?“

Als die drei nickten, sagte Mania einen Hexspruch: *„Eene meene Zwiebelfisch, Getränke stehen auf dem Tisch! Hex-hex!* Das ist ein kräftiger Krötentee, der macht frisch und munter nach so einem langen Flug. Du, Bibi“, sie zeigte auf die Wände und die Zimmerdecke, „kannst dir Kekse oder Kuchen von den Wänden abbrechen. Aber vorsichtig, sonst fällt das Haus ein.“

Endlich waren alle versorgt. Die Damen schlürften Tee, knabberten Süßigkeiten und lobten Manias Gastfreundschaft. Dann entstand eine kleine Pause. Mania blickte ihre Besucherinnen der Reihe nach an und fragte schließlich: „Also, was führt euch zu mir? ‚Einfach so‘?“

Bibi fasste sich ein Herz. Sie musste den Anfang machen, denn ihretwegen hatten sie ja den langen Weg von Neustadt bis hierher auf sich genommen.

„Tante Mania, ist dir zufällig ein Besen zugeflogen?“

„Und wenn es so wäre?“, fragte Mania zurück und legte den Kopf ein wenig schief.

„Dann könnte es mein Besen sein! Kartoffelbrei!“

„Und wenn es so wäre?“, wiederholte Mania.

„Dann möchte ich ihn gern wiederhaben!“

„Kartoffelbrei ... Kartoffelbrei ...“ Mania tat, als müsse sie angestrengt nachdenken. „Ja, an den kann ich mich gut erinnern. Das war doch so ein kleiner, niedlicher. Hast du ihn nicht beleidigt, Bibi? Hast du ihn nicht schlecht behandelt?“

„Nein! Ich … äh …“, wollte Bibi protestieren, aber Mania schnitt ihr das Wort ab. „Doch, du hast ihn schlecht behandelt. Deshalb ist er dir weggeflogen. Das kann ich gut verstehen. Beleidigte Besen müssen viel gestreichelt werden.“

„Ja, Tante Mania, das weiß ich“, sagte Bibi kleinlaut. „Es tut mir ja auch sooo leid!“

„Nun spann doch das arme Kind nicht so auf die Folter!“, fuhr Amanda dazwischen. „Hast du den Besen oder hast du ihn nicht?“

„Nun …“, Mania schmunzelte

geheimnisvoll und ließ sich mit der Antwort Zeit, „ich habe zwölf Katzen, zwölf Eulen … und zwölf Besen!“

„Aha! Dann ist Kartoffelbrei also der zwölfte Besen in deiner Sammlung!“, bemerkte Barbara.

„Nun, nun …“ Mania lächelte hexisch und machte eine Pause. Dann fuhr sie fort: „Dreimal die Zwölf! Jaja! Die magische Zahl!“ Sie schaute Bibi ernst an. „Er ist freiwillig gekommen, dein Hexenbesen, und nach dem Hexengesetz gehört er jetzt mir!“

„Mamiii!“, schrie Bibi entsetzt auf. „Sie hat ihn extra gestreichelt, damit sie ihn kriegt! Sie hat es auf Kartoffelbrei schon lange abgesehen, damit sie ihre zwölf Besen zusammenbekommt!“

„Kartoffelbrei gehört jetzt mir!“, sagte Mania ungerührt.

„Ach, komm, Mania“, versuchte Frau Blocksberg einzulenken, „ob du nun elf Besen hast oder zwölf, das ist doch egal! Du hast auf jeden Fall die größte Besensammlung, die es gibt!“

„Und wenn schon!“, entgegnete Mania störrisch. „Hexenbesen bekommt man selten, weil Hexen sehr alt werden und ihre Besen meistens an ihre Töchter weitervererben. Nein, ich gebe ihn nicht her! Er wollte zu mir!“

„Kann ich … kann ich meinen Wuschel wenigstens einmal sehen?“, fragte Bibi leise. Sie hatte Tränen in den Augen. Da wurde Mania weich.

„Du hast ihn zwar sehr schlecht

behandelt und verdienst es nicht, aber …“, ihre Stimme wurde freundlicher, „du kannst ihn besuchen. Benutzen darfst du ihn allerdings nicht! Das verstößt gegen das Hexengesetz!“

Mania klapperte mit ihrem großen Schlüsselbund, nahm dann einen Schlüssel und sperrte die Tür zu einem Nebenraum auf. Knarzend und quietschend schwang eine Tür zur Seite und gab den Blick frei auf Manias kleines Hexenmuseum. Vorsichtig betrat Bibi den Raum. Er lag im Halbdunkel und wurde nur von flackernden Kerzen beleuchtet, die ein geheimnisvolles Licht spendeten. An den Wänden hingen Gemälde, auf denen Hexen dargestellt waren, und

Glasvitrinen standen nebeneinander. In jeder Vitrine befand sich auf Samt gebettet ein Besen. Andere standen in Schränken hinter Glas. Bibi riss vor Staunen die Augen auf und starrte voller Bewunderung die Besen an.

„Ja, meinen Besen gefällt es hier. Sie haben es weich und gemütlich“, sagte Mania stolz.

„Und wo ist mein Kartoffelbrei?“, fragte Bibi.

Mania zeigte auf die zwölfte Vitrine hinten in der Ecke. Bibi ging darauf zu.

„Mein Wuschel!“, rief sie glücklich. „Endlich habe ich dich gefunden!“

Sie streckte die Hand nach ihrem Besen aus, aber da bekam sie auch schon einen kleinen Schlag und zuckte zurück. Mania hatte einen unsichtbaren Hexenring um die Vitrine gelegt, und Bibi war dagegen gekommen.

„Stop! Besuchen, habe ich gesagt!“, mahnte Mania, „und nicht berühren! Ja, ja, ich kenne euch kleine Hexenbraten, euch hält nur ein Hexenring ab.“

Hexenring? Bibi dachte angestrengt nach, dann fiel ihr zum Glück der passende Spruch ein: *„Eene meene Schmetterling, weg sei dieser Hexenring. Hex-hex! … Hex-hex!“*

Doch der Ring ließ sich nicht zerstören, im Gegenteil. Jetzt knisterte und knatterte er noch mehr und leuchtete in allen Regenbogenfarben. Er schützte die Vitrine wie eine dicke Mauer. Dagegen kamen auch Barbara

Blocksberg und Amanda nicht an und Mania blieb stur. Alles Reden und Flehen, Bitten und Betteln nützte nichts, sie rückte Kartoffelbrei nicht heraus.

Also machten sich die drei Hexen unverrichteter Dinge wieder auf den Heimflug. Bibi war todunglücklich. Sie wusste jetzt zwar, wo ihr Wuschel war, und sie durfte ihn auch besuchen, aber darüber konnte sie sich nicht freuen. Sie wollte ihren Besen wiederhaben! Unterwegs fiel ihr auch der Vater ein, den sie so schlimm verdächtigt hatte. Der arme, unschuldige Papi, er konnte doch gar nichts dafür. Sie nahm sich fest vor sich bei ihm ganz lieb zu entschuldigen!

Karla Kolumna hat ein Idee

Auf dem Rückflug verabschiedete sich Tante Amanda, und Frau Blocksberg mit Bibi steuerte ihren Baldrian zu ihrem Haus in Gersthof. Hier wartete bereits Karla Kolumna und hoffte auf sensationelle Neuigkeiten im Fall „Kartoffelbrei". Als ihr Bibis Mutter von der Besensammlung mitten im Wald erzählte, bekam sie leuchtende Augen.

„Was sagen Sie da? Diese zwölf Hexenbesen liegen in einem richtigen Knusperhäuschen auf samtenen Kissen? Das ist ja sensationell!

Davon brauche ich dringend ein paar Fotos!“

„Ich glaube nicht, dass Mania Sie reinlässt!“, lachte Frau Blocksberg. „Die hat da so ihre Tricks, wie sie sich ungebetene Besucher vom Leib hält!“

„Diese Tricks sind ziemlich gemein!“ Bibi verzog das Gesicht, als sie an den Schlag dachte, der sie fast umgeworfen hatte. „Ach, Mami, was mach ich bloß? Ohne meinen Kartoffelbrei werde ich doch ganz depressiv und melancholisch!“

„Du meine Güte!“, entfuhr es ihrer Mutter. „Wo hast du denn diese Wörter her?“

„Aus Papis Nachschlagewerk ‚Das treffende Wort‘. Das bedeutet so viel wie ‚tieftraurig‘.“

Frau Blocksberg machte Bibi zwar das Angebot, ihr Baldrian zu borgen und sie hin und wieder auf ihm ein paar Runden fliegen zu lassen, aber das lehnte Bibi ab. Baldrian war ein Erwachsenenbesen und hatte nur drei Gänge. Ihr Kartoffelbrei dagegen hatte fünf Gänge und zischte ganz anders ab.

„Liebe Frau Blocksberg, liebe Bibi!", unterbrach Karla Kolumna die Diskussion. „Lassen Sie uns bitte zur Sache kommen. Es kann doch nicht angehen, dass da eine alte Hexe in ihrem Märchenwald auf zwölf Besen sitzt und den zwölften, den wichtigsten, nicht herausrückt. Da muss man doch was machen können!"

„Nun, das Schlimme daran ist die

magische Zahl zwölf", gab Bibis Mutter zu bedenken. „Zwölf! Das ist es, woran Mania hängt. Es ist ein uralter Hexentraum: Dreimal die Zwölf! Das gibt Kraft, das gibt Macht!"

Karla Kolumna sagte darauf nichts, aber man sah, dass sie scharf nachdachte. Plötzlich erhellte sich ihr Gesicht und sie rief: „Hach! Ich hab's!"

„Ja?!" Bibi und ihre Mutter sahen die Reporterin erwartungsvoll an. „Erzählen Sie!"

„Wenn Mania die Zahl zwölf so wichtig ist, dann kommt es ihr doch nur auf die Menge der Besen an, nicht wahr? Ob der zwölfte Besen nun Kartoffelbrei heißt oder Fitzliputzli, das ist doch völlig schnurz!"

„Ich glaube, ich verstehe, worauf Sie hinauswollen", meinte Barbara Blocksberg. „Die Idee ist nicht schlecht."

„Die Idee ist sogar super!" Bibi strahlte mit einem Mal wieder. „Wir müssen ihr an Stelle von Kartoffelbrei nur einen anderen Besen unterschmuggeln. Die Hauptsache ist doch, dass sie zwölf an der Zahl hat."

Karla Kolumna nickte aufgeregt. Sie wollte daraus unbedingt eine Exklusivstory für ihre Zeitung machen und sah schon die Schlagzeilen vor ihrem geistigen Auge: DAS MAGISCHE DUTZEND oder HEIMLICHKEITEN IM HEXENHAUS. Doch Barbara Blocksberg bremste die Reporterin.

„Nein! Nein! Nein! Mit Heimlichkeiten und irgendeinem anderen Besen funktioniert das nicht. Es muss schon ein echtes Stück sein, das sie für Kartoffelbrei bekommt."

„Ich würde Ihnen ja gern aushelfen", bot sich Karla Kolumna an, „aber mein Putzgerät zu Hause fliegt leider nicht. Zu schade! Aha-haha!"

„Nun, auf Ihren Besen ist Mania bestimmt nicht scharf", meinte Bibis Mutter lächelnd, „aber sie hat doch bei unserem Teekränzchen etwas von einem Besen gesagt, hinter dem sie die ganze Zeit schon her ist. Wie hieß er gleich noch? Der Name fällt mir nicht mehr ein, aber das kann ich rauskriegen. Kommt mit!"

Frau Blocksberg ging in ihr Labor, und Bibi und Frau Kolumna folgten ihr. Frau Blocksberg holte ihre Kristallkugel hervor und stellte sie auf den Tisch. Bibi wurde ganz aufgeregt, sie wusste, was jetzt kam. Ihre Mutter wollte in die Vergangenheit schauen.

„Eene meene Adebar, zeig mir, wie das damals war! Hex-hex!“

Ein Bild wurde in der Kugel deutlich, und in der Verkleinerung konnte man Amanda erkennen und hören, wie sie sagte: *„Ich stand gerade an der Kasse an, da kommt so ein dicker, schwitzender Typ anmarschiert und drängelt sich vor.“*

„Nein, das ist es nicht“, murmelte Barbara Blocksberg und strich leicht über die Kugel, „das kam erst später. Jetzt, Achtung! Jetzt meldet sich Mania zu Wort.“

„… ich bin hinter einer ganz

besonderen Kostbarkeit her: einem spanischen Hexenbesen. El Flitzo heißt er. Leider wollen die Erben viel Geld für ihn. Zu viel Geld für eine arme, alte Hexe wie mich!"

„Das war's!" Bibis Mutter nahm die Hände von ihrer Kugel, und augenblicklich verschwand das Bild wieder. „Mania will also diesen spanischen Besen haben. Wenn wir ihr den besorgen könnten, dann kriegt Bibi bestimmt ihren Kartoffelbrei wieder."

„Aber du hast es doch gehört, Mami! Die wollen viel Geld dafür!", sagte Bibi. Aber auch jetzt wusste Karla Kolumna Rat.

„Ich glaube, das ist das kleinste Problem, Kindchen! Lass das mal Tante Karla machen. Ich bin nämlich sensationell im Verhandeln, und ich habe ein paar gute Freunde in Spanien. Bibi, dein Besen ist so gut wie zurück!“

„El Flitzo“

Karla Kolumna sauste auf schnellstem Weg in die Redaktion der *Neustädter Zeitung*. Sie führte ein Ferngespräch nach dem anderen, sprach kurz mit ihrem Chefredakteur und griff dann zum Telefonhörer, um mit einem Kollegen in Spanien zu telefonieren.

„Hallöchen! Hallöchen!“, rief sie munter. „Kann ich bitte, por favor, Señor Rasanto Reporto sprechen? Ja, ich warte, si si. … Rasanto? Amigo?! Bueno! Wunderbar! Also, hör zu, amigo: Mein Chef hat zugestimmt, deiner auch? Wunderbar! … Also, du bekommst von mir eine Artikelserie über Hexen in Deutschland. Mit Fotos, claro! Selbst geknipst von deiner alten Freundin Karla Kolumna. Ahahaha! Wir bekommen von dir dafür zehn Artikel über die spanischen Hexen. Die Leute werden uns die Zeitungen aus der Hand reißen, Rasanto, das kann ich dir versprechen. Dafür bezahlen unsere beiden Verleger viel Geld für El Flitzo. … Was, du hast ihn schon? Dann ist ja alles clarissimo! Adios, amigo, und muchas gracias! Vielen Dank!“ Sie legte den Hörer auf und lächelte triumphierend. „Na, da wird aber jemand einen Freudensprung machen!“

Als Bibi die tolle Nachricht erfuhr, dass Frau Kolumna den begehrten spanischen Besen aufgetrieben hatte und ihn gegen Kartoffelbrei eintauschen wollte, fiel sie der Reporterin um den Hals und gab ihr einen dicken Kuss. Natürlich musste Bibi noch ein paar Tage warten, bis El Flitzo mit der Post kam, und das Warten fiel ihr sehr, sehr schwer. Sie konnte es vor Spannung kaum noch aushalten. In der Schule war sie unaufmerksam, sie schlief schlecht und träumte ständig von spanischen Besen, von Mania und Kartoffelbrei. Mindestens dreimal am Tag rief sie Karla Kolumna an, ob denn El Flitzo eingetroffen sei. Dann endlich war es so weit!

Karla Kolumna suchte die Familie Blocksberg auf und überreichte Bibi ein längliches Paket.

„Du darfst es selbst aufmachen. Aber bitte langsam, damit ich dich mit dem guten Stück auch fotografieren kann.“

Bibi tat es und betrachtete ehrfürchtig den spanischen Besen. Er sah sehr alt und kostbar aus. Sein Stiel war kunstvoll geschnitzt, wunderschön bemalt und mit seltsamen Fratzen geschmückt.

„Er hat einer alten Zigeunerhexe namens La Gitana gehört“, klärte Karla sie auf. „Sie ist hundertzwanzig Jahre alt geworden, konnte den Besen aber nicht vererben, weil sie nur Söhne hatte und keine Töchter.“

„Schade“, murmelte Frau Blocksberg. „Schon wieder eine Hexenfamilie ausgestorben!“

„Aber dafür haben wir jetzt El Flitzo,

und ich kriege meinen Kartoffelbrei zurück!“, entgegnete Bibi und strich behutsam über die Schnitzereien an El Flitzos Stiel. Sie wollte ihn gerade wieder vorsichtig in den Karton zurücklegen, da entdeckte sie ein Blatt Papier, das ebenfalls die weite Reise von Spanien bis nach Neustadt gemacht hatte. Bibi faltete das Blatt auseinander und las es.

„*Eene meene el olé, El Flitzo gehe in die Höh! Eene meene grande, El Flitzo, lande!* Super, Mami!“, rief sie begeistert. „Das sind die Fliegesprüche. Darf ich auf dem Spanier zu Mania fliegen. Bitte, Mami!“

Frau Blocksberg hatte nichts dagegen einzuwenden, und so machten sie sich gleich auf den Weg in den Hexenwald

zu Mania. Karla Kolumna nahm hinter Bibis Mutter auf Baldrian Platz und fieberte schon ihrer sensationellen Story entgegen.

El Flitzo war ein toller Besen! Er besaß ein richtig südländisches Temperament und hob schon im Steilflug ab, bevor Bibi noch ihr „Hexhex!“ zu Ende gesprochen hatte. Bibi blieb fast die Luft weg und ihre Mutter hatte große Mühe auf Baldrian hinterherzukommen. Natürlich hatte sich Bibi den spanischen Landespruch gut gemerkt, und El Flitzo legte eine ausgesprochene Bilderbuchlandung hin, so als ob er zeigen wollte, was für ein besonderer Besen er war.

Kaum hatte Bibi an die Tür geklopft, da ertönte aus dem Inneren des

Hauses Manias bekannte Stimme: „Knusper, knusper, knäuschen, wer klopft da an mein Häuschen?"

„Ich bin's, Tante Mania!", rief Bibi. „Bibi und ihre Mutter und Karla Kolumna!"

„Du willst wieder deinen Besen besuchen, nehme ich an?" Mania öffnete und blinzelte in das helle Licht. „Du bist willkommen, aber nicht die da. Ich will hier keine Presse!"

„Ich bin aber nun mal da, verehrte Frau Hexe", meinte die Reporterin und machte schnell ein Foto von Mania. „Ich bin außerdem da, weil Bibi Ihnen etwas mitgebracht hat."

„Mir?" Mania schaute argwöhnisch in die Runde. „Mir bringt keiner was mit!"

„Ich schon, Tante Mania!“ Bibi deutete auf den Besen, mit dem sie hergeflogen war. „Schau doch nur, was ich hier habe: El Flitzo! Der wunderbare El Flitzo!“

Misstrauisch beäugte Mania den Besen aus Spanien, wog ihn in der Hand, drehte ihn hin und her und studierte die Schnitzereien. Sollte das wirklich El Flitzo sein? Nein, der war unbezahlbar. Das hier musste eine Fälschung sein, eine billige Imitation! Wie sollte die kleine Bibi Blocksberg an El Flitzo gekommen sein?

Bibi bemerkte Manias Zögern und gab sofort eine Kostprobe von El Flitzos Fliegekünsten. *„Eene meene el olé, El Flitzo gehe in die Höh! Hexhex!“*, rief sie, und sofort schoss der

Besen in die Luft, drehte eine Runde und landete wieder gekonnt vor Manias Füßen. Mania blieb der Mund offen stehen. Er war es! Tatsächlich! El Flitzo!

„Frau Kolumna hat ihn für dich gekauft“, klärte Bibi die alte Hexe auf.

„Jaja“, bestätigte die Reporterin eifrig. „Für ein paar Fotos und ein klitzekleines Interview und …“

„… und für meinen Kartoffelbrei!“, ergänzte Bibi. „Bitte, bitte, Tante Mania!“

„Ach, so ist das!“ Mania rieb sich das Kinn und schien zu überlegen. „Mhmm … Zwölf Besen habe ich, einen geb’ ich her. Einen Besen bekomm’ ich, also zwölf Besen behalt’ ich. Du hast richtig gerechnet, Bibi.“

„Ich kriege meinen Kartoffelbrei also wieder?“, fragte Bibi erwartungsvoll.

„Von mir aus ja“, sagte Mania und schmunzelte. „Die Frage ist natürlich, ob er dich überhaupt noch will? Ich würde gleich mal zu ihm gehen.“

„Aber … aber was ist mit dem Hexenring?“

„Der ist nicht gelegt!“, sagte Mania knapp. „Die Tür ist auch offen.“

Glücklich stürmte Bibi ins Haus und betrat ehrfürchtig Manias Besenmuseum. Zögernd ging sie auf die Vitrine zu, in der ihr Besen lag.

„Hallo, Kartoffelbrei! Mein kleiner Wuschel, erkennst du mich noch?“, fragte sie schüchtern und fasste ihn vorsichtig an. Kartoffelbrei ließ es geschehen. „Ich habe dich gar nicht gut behandelt, ich weiß. Du warst beleidigt, nicht wahr? Entschuldige bitte, mein Wuschel, ich sage nie wieder, dass du die Kurve nicht gekriegt hast und solche bösen Sachen." Sie nahm Kartoffelbrei vorsichtig aus der Vitrine und drückte ihn an sich. „Ich fühle mich so allein ohne dich! Ich bin gar keine richtige Hexe mehr! Bitte, komm zurück! Bitte!" Dicke Tränen liefen ihr über das Gesicht, als sie das sagte. „Du darfst mir auch durch das Gesicht wuscheln und mich durchkitzeln!"

Als Kartoffelbrei das hörte, wurde er munter. Er sprang aus Bibis Armen, fegte übermütig um sie herum und führte mit ihr ein Freudentänzchen auf. Er fuhr ihr mit seinen Borsten

über das Gesicht und kitzelte sie überall am Körper.

„Mami! Frau Kolumna! Tante Mania!“ Bibi war außer sich vor Glück. „Er kommt zu mir zurück! Ich hab’ ihn wieder! *Eene meene mei, zisch los, Kartoffelbrei! Hex-hex!*“

Na, das ließ sich der Hexenbesen nicht zweimal sagen. Er zischte los, aber da in dem Raum alles voll gestellt war, blieb er an einem Bilderrahmen hängen und krachte mit einem lauten KLIRR! in eine der Vitrinen. Bibi erschrak furchtbar. Jetzt würde Tante Mania bestimmt böse sein und Kartoffelbrei doch nicht hergeben. Aber Mania war in versöhnlicher Stimmung.

„Na, das werden wir wohl wieder

heilhexen können, oder nicht? Das kann ja mal passieren, wenn unser Hexenbraten sich so freut."

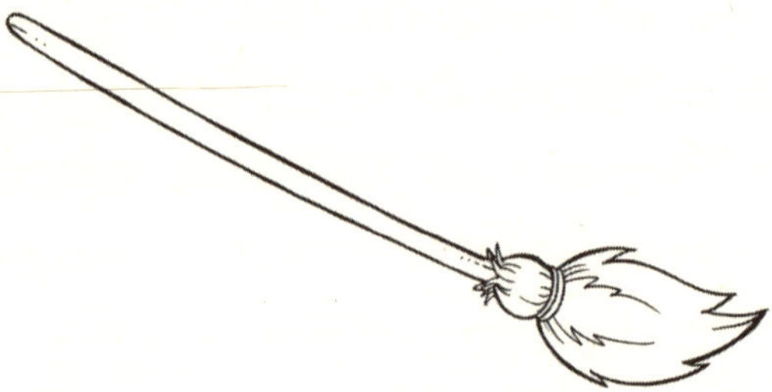

Wieder daheim!

So hatte Bibi ihren Wuschel wieder, und ihr Wuschel hatte seine Bibi wieder. Auf dem Heimflug waren die beiden ganz närrisch und voller Übermut. Sie flogen Bibis Mutter und Karla Kolumna weit voraus. Kartoffelbrei machte Loopings und Schleifen, vollführte Sturzflüge bis hinunter zu den Baumwipfeln und versuchte im Spaß Bibi immer wieder abzuwerfen.

Müde, aber glücklich landeten die beiden schließlich auf dem elterlichen Grundstück. Bibi sah, dass ihr Papi zu Hause war, und ließ Kartoffelbrei ins

Wohnzimmer hineinsausen, wo ihr Vater es sich bequem gemacht hatte und Zeitung las. Er spürte einen leichten Luftzug, und bevor er sich's versah, fuhr ihm der Besen seiner Tochter kräftig über das Gesicht.

„Halt! Nein! Nicht!“ Herr Blocksberg rief und kicherte gleichzeitig, denn er war sehr kitzelig. „Lass das, Kartoffelbrei! Kann mir denn niemand diesen wild gewordenen Handfeger vom Hals schaffen?“

„Handfeger?“, fragte Bibi empört. „Kartoffelbrei ist doch kein Handfeger. Er will dir was sagen. Er will, dass du ihm etwas versprichst, Papi!“

„Was soll ich ihm versprechen?“ Herr Blocksberg legte die Zeitung zur Seite. „Was denn?“

NEUSTÄDTER/ZEITU

„Versprich ihm, dass du ihn nie wieder im Keller in eine dunkle Truhe sperrst!“

„Na gut, von mir aus. Das verspreche ich gerne. Alles klar, Kartoffelbrei?“, fragte er den Besen. Dieser machte eine kurze Bewegung, als ob er nicken würde, und ging erneut auf Herrn Blocksberg los. Doch diesmal kitzelte er ihn nicht, sondern fuhr ihm ganz leicht über die Wange.

„Siehst du, Papi, er mag dich wieder“, sagte Bibi zärtlich und schlang die Arme um den Hals ihres Vaters. „Ich mag dich auch wieder. Und es tut mir auch sehr leid, dass ich dich verdächtigt habe!“

BIBI BLOCKSBERG™

Bibi im Orient

Nach Ulli Herzog

Das Morgenland ruft!

„Frühstück, ihr Lieben!!!“, rief Barbara Blocksberg fröhlich aus dem Esszimmer und schenkte zwei Tassen Kaffee ein. Als sie aber aus dem ersten Stock keine Antwort bekam, rief sie noch einmal: „Bibi! Bernhard! Nun macht endlich! Beeilt euch! Die Fünf-Minuten-Eier werden sonst kalt! Oder soll ich euch an den Tisch hexen?“

„Lieber nicht!“ Herr Blocksberg kam eilig die Treppe herabgelaufen und ließ sich auf seinen Stuhl plumpsen. „Davon bekomme ich immer gleich Ohrensausen.“

Jetzt kam auch Bibi angeflitzt. Sie umarmte ihre Mutter und ihren Vater und gab beiden einen dicken Kuss auf die Wange.

„Guten Morgen, Mami. Guten Morgen, Papi! Hhmmm! Du riechst aber gut. Hast du ein neues Rasierwasser, Papi?“

Herr Blocksberg nickte und freute sich, dass sein Hexentöchterchen eine so gute Nase hatte.

„Ach, Bibi, ehe du dich hinsetzt und dein Frühstücksei köpfst, tu mir bitte einen Gefallen“, sagte er und warf seiner Tochter einen bittenden Blick zu. „Hol mir doch die Zeitung aus dem Briefkasten.“

Bibi saß jedoch schon und wollte nicht mehr aufstehen. Deshalb entschied sie sich für einen Hexspruch: *„Eene meene schlapper-papper, komm aus dem Kasten mit Geklapper! Hex-hex!“*

Ein helles Pling-pling ertönte, kleine, bunte Funken sprühten, Sternchen blitzten. Ein kurzes Heulen und Pfeifen – und schon kam die *Neustädter Zeitung* durch das offene Fenster geflogen und landete schwungvoll auf dem Frühstückstisch.

„Da! Bitte sehr!“, sagte Bibi stolz. „Aus der Druckerei ganz frisch liegt die Zeitung auf dem Tisch!“

„Ach, Bibi!“ Herr Blocksberg verzog ein wenig das Gesicht. „Das war zwar ein hübsches, kleines Gedicht, aber du solltest sie herholen und nicht herhexen. Du weißt, ich vertrage es am frühen Morgen einfach nicht, wenn du mich daran erinnerst, dass du und Mami etwas könnt, was ich nicht kann: nämlich hexen!"

„Entschuldige, Papi. Das habe ich vergessen", sagte Bibi. „Warte, ich hexe sie zurück in den Kasten und hole sie dir dann noch mal richtig. *Eene meene starkes Stück, Morgenzeitung, hüpf zurück! Hex …*"

Sie sprach nicht weiter, weil ihr Vater energisch mit der Hand abgewinkt hatte. Er griff nach der Zeitung, schlug sie auf und sagte: „Ach nein, lass es. Es ist schon in Ordnung so."

Frau Blocksberg beugte sich zu ihrer Tochter. „Ich glaube, ich muss deinem Vater mal wieder einen Hexentrank zur Stärkung seines Selbstbewusstseins brauen!“, flüsterte sie und kicherte hinter der Hand.

„Au ja, Mami! Das mach mal“, flüsterte Bibi zurück. „Darf ich dabei zusehen? So einen Trank kann ich vielleicht auch mal gebrauchen.“

Herr Blocksberg räusperte sich kurz, denn er hatte alles mit angehört. Aber er sagte nichts, sondern vertiefte sich in seine Morgenlektüre. In Ruhe Zeitung lesen, das war eine seiner Lieblingsbeschäftigungen. Doch die Ruhe im Haus der Familie Blocksberg hielt nicht lange an.

Bernhard Blocksberg faltete plötzlich ärgerlich die Zeitung zusammen und knallte sie so heftig auf den Tisch, dass die Kaffeetassen klirrten. Auf seiner Stirn erschien eine steile Zornesfalte.

Erschrocken zuckten Barbara und Bibi Blocksberg zusammen. Was war denn jetzt passiert?

„Das ist doch die Höhe!“, schimpfte Herr Blocksberg los. „Abwählen sollte man sie! Einen wie den anderen!“

„Aber Liebling“, versuchte ihn seine Frau zu beruhigen. „Worüber regst du dich denn so auf?“

„Worüber? Darüber!“ Bernhard Blocksberg schlug wütend mit der flachen Hand auf die Zeitung. „In der heutigen Zeitung steht es: Die Benzinpreise sind schon wieder gestiegen, diesmal gleich um zehn Pfennige pro Liter. Zehn Pfennige! Die ticken wohl nicht mehr richtig!“

Bibi war sofort bereit, ihrem Papi zu helfen.

„Soll ich das Benzin billiger hexen?“, fragte sie eifrig.

„Unsinn!“, wehrte ihr Vater ab. „Aus solchen Sachen halte dich bitte heraus. Dazu bist du noch zu klein.“

„Gar nicht!“ Bibi zog eine Schnute und fügte in Gedanken hinzu: Zum Geschirrspülen bin ich ja auch nicht mehr zu klein! Ihr Vater hatte es sich inzwischen mit der Zeitung in seinem Lieblingssessel gemütlich gemacht und schaute, was es noch so auf der Welt gab. Kurz darauf entdeckte er wieder etwas Interessantes.

„Aha! Was haben wir denn hier?“, murmelte er halblaut vor sich hin und las dann laut: „Bürgermeister reist in den Orient zum Sultan von Labu-Dabu, um sich für einen direkten

NEUSTÄDTE

Anschluss unserer Stadt an die transkontinentale Pipeline einzusetzen." Herr Blocksberg nickte anerkennend mit dem Kopf und pfiff leise durch die Zähne. „Nicht schlecht, der Mann."

„Mami, was ist denn schnell noch mal eine Pipeline?", fragte Bibi ihre Mutter. Sie hatte das Wort schon einige Male gehört, wusste aber seine Bedeutung nicht mehr so genau.

„Das sind dicke Rohre, durch die das Öl von der Quelle über Tausende von Kilometern hinweg in viele Länder gepumpt wird."

„Das hätte ich dir auch sagen können", brummelte Herr Blocksberg.

„Mami erklärt sowas aber kürzer", erwiderte Bibi. „Du bist immer so umständlich."

Herr Blocksberg verkniff sich eine Antwort und studierte weiter den Artikel. Endlich tat sich einmal etwas Neues im Rathaus, da musste ein politisch interessierter Mann wie er sich ja informieren.

„Ach, das ist ja höchst interessant", fuhr er fort. „Hier steht weiter: Karla Kolumna wird unseren Herrn Bürgermeister begleiten, um täglich sensationelle Berichte aus dem Lande von Tausendundeiner Nacht zu schreiben." Herr Blocksberg holte kurz Luft und las dann weiter. „Als kleine Sensation am Rande darf vermerkt werden, dass als Vertreterin der Jugend unserer Stadt auch Bibi Blocksberg mitfliegen wird."

Er hob den Blick und schaute seine

beiden Hexen verwirrt an. Dann starrte er auf den Artikel. Bevor er noch etwas sagen konnte, war Bibi schon aufgesprungen.

„Ich fliege in den Orient!?“, stieß sie überrascht hervor. „Davon weiß ich ja gar nichts.“

Nein, sie wusste tatsächlich nichts davon. Herr Blocksberg konnte sich das allerdings nicht vorstellen. „Das ist ja äußerst merkwürdig!“, meinte er. „Du weißt nichts davon, und ich weiß nichts davon. Es steht aber zufälligerweise in dieser Zeitung. Wie erklärst du dir das?“

Darauf wusste Bibi natürlich keine Antwort. Ihr Vater vermutete nun, dass Karla Kolumna, die rasende Reporterin, etwas damit zu tun hätte, und wollte gleich in der Redaktion der *Neustädter Zeitung* anrufen. Seine Frau hielt ihn jedoch zurück.

„Leg den Hörer ruhig wieder auf, Schätzchen“, sagte sie freundlich. „Ich habe vergessen es euch zu erzählen: Unser Bürgermeister hat mich vor einer Woche auf der Straße angesprochen. Er fragte, ob ich erlauben würde, dass Bibi als Vertreterin der Jugend von Neustadt auch mal eine kleine ‚Dienstreise‘ machen dürfte. Da habe ich wahrscheinlich ja gesagt, weil ich dachte, es wäre nur Blablabla und es würde sowieso nichts daraus.“

Bibi hatte ihrer Mutter mit offenem Mund gelauscht. Jetzt starrte sie ins Leere und rührte sich nicht. Aber als sie die erstaunten Blicke ihrer Eltern spürte, bewegte sie die Lippen und sagte tonlos: „Ich glaube, ich träume. Kneifst du mich bitte, Mami?" Ihre Mutter tat es lächelnd und Bibi zuckte zusammen. „Au! Nicht so doll!"

Das Zwicken in den Arm hatte sie in die Wirklichkeit zurückgebracht. Jetzt kapierte sie erst richtig, was ihr Vater soeben vorgelesen hatte. Sie machte einen Luftsprung und tanzte jubelnd durch das Zimmer.

„Oh, Mann! Mami! Papi! Ich fliege in den Orient! In fliege in das Morgenland! Mit Karla Kolumna! Wow! Super! Wahnsinn! Ich weiß gar nicht, was ich machen soll vor Freude!"

Da fiel ihr Blick auf ihren Hexenbesen, der an der Wand lehnte. Sie schnappte ihn sich und rief: „Komm,

Kartoffelbrei! Wir drehen eine Runde! *Eene meene mei, flieg los, Kartoffelbrei! Hex-hex!*“

Und schon hob der Besen mit Zischen und Heulen ab und sauste mit Bibi durch das offene Fenster ins Freie. Frau und Herr Blocksberg sahen den beiden kopfschüttelnd nach. So eine Aufregung in der frühen Morgenstunde!

Das Gastgeschenk

Die nächsten Tage waren sehr aufregend für die kleine Hexe aus Neustadt. Sie telefonierte immer wieder mit Karla Kolumna und fragte ihr Löcher in den Bauch über die bevorstehende Reise. Sie suchte in ihrem Schulatlas das Land Labu-Dabu und studierte gemeinsam mit ihrem Vater die Reiseroute. Irgendwann begann sie zu packen. Sie stopfte ihre Reisetasche voll und leerte anschließend die Sachen wieder aus, hexte die Tasche klein und dann wieder groß. Ihr war nämlich eingefallen, dass kleinhexen gar nicht nötig war, denn sie flog ja nicht auf ihrem Hexenbesen ins Morgenland, sondern in einem großen, modernen Flugzeug. Aber Kartoffelbrei würde natürlich mitkommen, das war klar!

Und dann war es endlich soweit – der Tag des Abflugs war gekommen. Barbara und Bernhard Blocksberg fuhren ihre Tochter zum Flughafen, wo in der Abfertigungshalle bereits Frau Kolumna und der Bürgermeister von Neustadt warteten. Bald schon wurde ihr Flug aufgerufen. Bibi nahm ihren Kartoffelbrei, umarmte und küsste ihre Eltern zum Abschied, und kurz darauf war die kleine Reisegruppe hinter den großen Glastüren verschwunden, durch die es hinaus zu ihrem Flugzeug und zum Rollfeld ging.

Als alle Passagiere das Handgepäck verstaut und ihre Plätze eingenommen hatten, lief ein leises Zittern durch die Maschine. Es knackte in den Lautsprechern, leise, orientalische Musik erklang und dann machte die Chefstewardess eine Ansage.

„Meine Damen und Herren, Ladies und Gentlemen, Morgenland Airways begrüßt Sie auf Ihrem Flug nach Labu-Dabu. Unsere Flugzeit wird tausendundeine Minuten betragen, vielleicht auch etwas weniger. Bitte stellen Sie jetzt das Bauchtanzen ein und schnallen Sie sich für den Start an. Wir wünschen Ihnen einen angenehmen Aufenthalt an Bord."

Das Flugzeug setzte sich in Bewegung und rollte langsam in Startposition. Der Bürgermeister, der zwischen Bibi Blocksberg und Karla Kolumna saß, wurde plötzlich ganz blass um die Nase. Er schniefte aufgeregt, und auf seiner Stirn erschienen winzige Schweißperlen.

„Verehrte Frau Kolumna!“, jammerte er mit kläglicher Stimme. „Könnten Sie bitte meine Hand halten? Ich habe beim Starten immer so schreckliche Angst!“

„Tja ... Meine Hand wird Ihnen nicht viel nützen, Bürgermeisterchen!“ Die Reporterin schüttelte bedauernd den Kopf. „Ich zittere selbst wie Espenlaub und wäre froh, wenn mir jemand die Hand halten würde.“

Nur Bibi war quietschvergnügt und putzmunter. Sie war ja Fliegen gewohnt, ihr machte es nichts aus. Aber ihre beiden Mitreisenden taten ihr leid.

„Sie können meine Hände haben“, bot sie an, „jeder eine. Oder warten Sie … ich habe noch eine bessere Idee: *Eene meene Meckerziegen, habt keine Angst vorm Flugzeug fliegen! Hex-hex!*“

Kurz darauf rollte das Flugzeug los, wurde schneller und schneller und stieg dann steil in den Himmel. Der Bürgermeister war jetzt ein wenig ruhiger, aber als er aus dem Fenster blickte und sah, wie hoch sie schon waren, verdrehte er die Augen. Ihm wurde auf der Stelle schlecht, denn er war nicht schwindelfrei.

„Bibi, hast du vielleicht noch etwas gegen meine Übelkeit?“, fragte er weinerlich. „Es könnte sein, dass mein Frühstück nicht unten bleiben will, wenn unser Flugzeug sich in die Kurve legt.“

„Für mich bitte auch!“, bat Karla Kolumna und unterdrückte ein Würgen. Sie war leicht grün im Gesicht und lächelte Bibi verlegen an. Die nickte mitleidig. Für eine Hexe war das Fliegen kein Problem, aber sie würde den beiden natürlich helfen.

„Eene meene motzen, keiner wird hier ...“, begann sie, doch sie vollendete den Satz nicht. „Ach so, ich soll mich ja benehmen. Na, schön, dann eben: *Eene meene Kübel, keinem wird hier übel! Hex-hex!* So,

jetzt kann Ihnen gar nichts mehr passieren."

Frau Kolumna und der Bürgermeister seufzten erleichtert auf, bedankten sich und lehnten sich in ihren Sitzen zurück. Bibi machte es sich ebenfalls bequem und blickte zum Fenster hinaus. Das Flugzeug stieg noch immer, und die Landschaft unter ihr sah aus wie ein Satellitenfoto in ihrem Schulatlas. Seen lagen wie winzige Pfützen da, Wälder, Felder, kleine Dörfer und große Städte tauchten auf und verschwanden wieder, und schließlich waren sie über dem Meer.

„Ach, Herr Bürgermeister, was ich Sie noch fragen wollte", begann Bibi nach einer Weile, „was muss ich denn als Vertreterin der Jugend von Neustadt tun in Labu-Dabu?“

„Nichts anderes als das, was du auch zu Hause immer tust“, war die Antwort.

„Was ich zu Hause immer tue?“, fragte Bibi zurück und schaute erst den Bürgermeister und dann Frau Kolumna verständnislos an. „Was tue ich denn immer?“

„Na jaaa“, meinte der Bürgermeister gedehnt, „du könntest hier und da ein wenig hexen, wenn meine Pläne nicht so ganz klappen sollten. Natürlich nur zum Wohle deiner Vaterstadt! Und natürlich Mutterstadt!“, fügte er hastig hinzu. Er wollte keinesfalls Bibis Mutter beleidigen.

„Ach, sooo ist das!“ Bibi begriff,

worauf der Bürgermeister hinauswollte. Auch Karla Kolumna ging ein Licht auf.

„Bürgermeisterchen! Bürgermeisterchen!“ Sie schüttelte verärgert den Kopf. „Sie sind ein rechtes Schlitzohr!“

Das fand Bibi auch. Deshalb also durfte sie als sogenannte „Vertreterin der Jugend“ diese schöne Reise machen. Sie sollte mit ihren Hexfähigkeiten den Bürgermeister bei seinen Geschäften unterstützen, und Karla Kolumna sollte von dem Stadtoberhaupt viele Fotos machen!

Bibi war verstimmt, und ihre Laune besserte sich erst, als sie unter sich die Wüste auftauchen sah und das Flugzeug den Landeanflug begann. Schnell ging es tiefer. Bibi musste ein paar Mal kräftig schlucken, weil ihre Ohren ganz zu waren. Kurz darauf flog die Maschine noch eine leichte Kurve und setzte dann sanft auf der Landebahn von Labu-Dabu auf.

Eine trockene Hitze empfing die drei Besucher, als sie aus dem Flughafengebäude traten. Die Hauptstadt von Labu-Dabu war aufregend, bunt und laut. Die Straßen waren voll mit Menschen, Fahrrädern und hupenden Autos. Es gab viele Moscheen und Paläste und viele, viele Palmen. Bibi war wie berauscht von den neuen Eindrücken, Karla Kolumna jedoch rümpfte die Nase. Ihr war das ein bisschen zu modern hier.

„Wo bleiben denn die Kamele,

die fliegenden Teppiche und Ali Baba und die vierzig Räuber?“, fragte sie enttäuscht.

„Wenn Sie wollen, hexe ich sie Ihnen her, Frau Kolumna“, bot sich Bibi großzügig an.

„Später, Schätzchen, später“, wehrte die Reporterin ab. „Vielen Dank für das Angebot. Für das Foto von unserer Ankunft muss ich wohl mit dem vorlieb nehmen, was da ist. Die Presse schummelt nicht!“

„Na na na!“, protestierte da der Bürgermeister, der oft mit der rasenden Reporterin im Clinch lag. „Da bin ich aber ganz anderer …“

„Keine Widerrede!“ Frau Kolumna schnitt ihm das Wort ab. „Stellt euch da drüben hin“, sie zeigte mit dem

Finger auf eine kräftige Dattelpalme, „da habe ich die Bohrtürme am Horizont mit auf dem Foto."

Anschließend machte sie noch ein paar Fotos mit und ohne Bohrtürme und von Bibi allein. Dann blickte sie sich suchend um.

„Na, Bürgermeisterchen? Wo bleibt denn Ihr Empfangskomitee?", fragte sie neugierig.

„Das Empfangskomitee?" Der Bürgermeister machte das unschuldigste Gesicht von der Welt und druckste ein wenig herum. „Welches Empfangskomitee? Ich … äh … na ja … wieso? … Es weiß ja keiner, dass wir kommen."

Karla Kolumna und Bibi schauten sich entgeistert an. Was hatte der

Bürgermeister da gerade gesagt? Sollte das etwa heißen, dass sie gar nicht nach Labu-Dabu eingeladen waren?

„Ich will ja was von dem Sultan", rechtfertigte sich der Bürgermeister, „und nicht er von mir!"

„Ach, du grüne Neune! Das kann ja heiter werden!", rief die Reporterin. „Haben Sie denn wenigstens ein Gastgeschenk für den Sultan dabei?"

Der Bürgermeister wurde rot und zuckte mit den Schultern. Das war Antwort genug. Nein, an ein Gastgeschenk hatte er diesmal nicht gedacht. Sonst brachte er bei Reisen ins Ausland immer das Stadtwappen von Neustadt, Porzellanteller, Ehrenketten oder Orden mit.

„Bürgermeisterchen, Sie sind eine Flasche, aber ohne Geist!“, stellte Karla Kolumna trocken fest. Der Bürgermeister wollte protestieren, schwieg dann aber lieber. „Jetzt werden Bibi und ich die Sache in die Hand nehmen. Nicht wahr, Bibi?“, fuhr Karla energisch fort.

„Gerne, Frau Kolumna!“ Bibi nickte eifrig. „Also erst das Gastgeschenk. Wie wäre es denn mit einem fliegenden Teppich? Mami hat mir ein paar Orient-Hexsprüche verraten.“

Karla Kolumna war begeistert und Bibi stellte sich in Positur: *„Eene meene Hirsebrei, Fliegeteppich komm herbei! Hex-hex!“*

Augenblicklich ertönte ein Sausen und Rauschen in der Luft, und aus dem blauen Himmel kam in Windeseile ein Teppich angeflogen. Er breitete sich nach der Landung glatt vor ihnen auf dem Boden aus und zeigte sich in seinen schönsten Farben. Der Bürgermeister bekam glänzende Augen und strich bewundernd über die bunten Muster. Dieser edle Teppich würde großartig bei ihm zu Hause ins Wohnzimmer passen. Doch Frau Kolumna schob seine Hand zur Seite.

„Nichts da! Finger weg!", befahl sie. „Jetzt werden wir dem Sultan unsere Aufwartung machen, und dazu brauchen wir den Teppich."

„Genau!", pflichtete ihr Bibi bei. „Von mir aus kann es losgehen. Bitte nehmen Sie auf dem Teppich Platz und halten Sie das Gepäck gut fest."

Karla Kolumna und der Bürgermeister taten, was Bibi verlangte. „Komm, Kartoffelbrei. Komm her zu mir, du kannst es dir auch gemütlich machen." Bibi zog ihren Liebling zu sich. Als alle drei bequem saßen, gab die kleine Hexe das Kommando. *„Eene meene nebbich-peppich, hebe ab, du Fliegeteppich! Hex-hex!"*

Am Hofe des Sultans

Von oben sah die Hauptstadt von Labu-Dabu wie aus dem Märchenbuch aus! In den engen Gassen der Altstadt rund um den Marktplatz herrschte ein reges Treiben. Geschäftig eilten die Menschen durch den Basar oder standen gemütlich vor Läden und Marktständen. Sie blickten erstaunt nach oben, als über ihre Köpfe plötzlich ein rot-weiß-blauer, wunderschön gemusterter Teppich hinwegflog, auf dem drei Menschen saßen und fröhlich winkten.

Der Teppich drehte ein paar Runden

über der Innenstadt und nahm dann Kurs auf den Sultanspalast, dessen goldene Kuppeln und Minarette in der Sonne glänzten und ihnen den Weg wiesen. Die drei Reisenden aus dem Abendland genossen den Flug und die herrliche Aussicht, und Frau Kolumna fand es auf dem Teppich viel bequemer als auf Kartoffelbrei. Das hörte Bibis Hexenbesen gar nicht gern. Er geriet plötzlich in Bewegung und klopfte kräftig auf dem Teppich herum, dass es nur so staubte.

„Ich glaube fast, sie haben ihn beleidigt!“, lachte Bibi, als Frau Kolumna schrecklich husten musste. „Mein Wuschel kann sehr eifersüchtig werden.“

Doch das Lachen verging ihr, als der

Besen vor lauter Ärger noch stärker klopfte, der Teppich das Gleichgewicht verlor und ins Trudeln geriet. Er kippte zur Seite, schoss auf den Sultanspalast zu, sauste durch ein offen stehendes Fenster und landete unsanft mit seinen Fluggästen mitten im Thronsaal des Sultans Hatschi al Nasi von Labu-Dabu.

Vor Schreck über die plötzliche Landung eines fliegenden Teppichs mit drei Fremden hatten sich die Diener und Minister des Sultans auf den Boden geworfen und hielten sich ängstlich die Arme über den Kopf. Nur der kugelrunde Sultan war von seinem prächtig geschmückten Thron aufgesprungen und funkelte die Eindringlinge wütend an.

„Ihr könnt wieder hochkommen, ihr Memmen!“, rief er seinen Untergebenen zu, ohne den Blick von den ungebetenen Gästen zu wenden. „Wer wagt es, unangemeldet während der Audienz in meine Gemächer vorzudringen?“

Bibi ließ sich jedoch von dem herrischen Ton nicht beeindrucken. Sie machte einen kleinen Knicks und trat vor den Sultan.

„Ich bin Bibi Blocksberg aus Neustadt in Deutschland“, sagte sie. „Salam alaikum!“

„Und ich bin Karla Kolumna, Vertreterin der Weltpresse. Neustadt, Pressehaus“, stellte sich die Reporterin vor und verbeugte sich ebenfalls. „Salam, Eure Hoheit! Salam!“

„Ich bin …“, auch der dicke Bürgermeister mit seinem hohen Zylinder verneigte sich, „ich bin der Bürgermeister von ebenda. Alaikum, Eure Majestät. Ich wollte mal nachfragen, ob Sie nicht vielleicht eine kleine Pipeline übrig hätten? Eine klitzekleine würde schon reichen für den Anfang.“

„Doch nicht so, Bürgermeisterchen!“, raunte ihm Karla Kolumna zu und gab ihm einen Rippenstoß in die Seite. „Sie dürfen nicht gleich mit der Tür ins Haus fallen. Erst müssen Sie dem Sultan das Geschenk überreichen.“

Der Bürgermeister überlegte noch, was er sagen sollte, da hatte Bibi bereits das Wort ergriffen.

„Entschuldigen Sie, dass wir hier so

unangemeldet reinplatzen“, sagte sie mutig. „Aber wir konnten es kaum noch aushalten, bis wir Eurer Hoheit endlich unser Gastgeschenk überreichen dürfen.“

Ein Geschenk? Für ihn? Der Sultan machte große Augen, denn er liebte Geschenke über alles. Vergessen waren der Schreck und der Zorn über das ungewöhnliche Eindringen der drei Besucher aus dem fernen Abendland. Er warf sich in die Brust und wartete begierig auf sein Geschenk.

„Diesen fliegenden Teppich überreiche ich als Oberhaupt meiner Vaterstadt“, sagte der Bürgermeister feierlich. Er hatte den Teppich vom Boden aufgehoben und hielt ihn stolz dem Sultan entgegen. „Wenn ich bei dieser Gelegenheit vielleicht noch mal nach der Pipeline fragen dürfte …?“

Der Sultan überhörte die Frage. Ein fliegender Teppich? Ein echter fliegender Teppich? So einen, wie ihn seine Vorväter einmal besessen hatten? Das war wirklich ein nobles Geschenk! Er klatschte in die Hände und rief seinen Dienern und Ministern zu: „Ihr könnt euch alle zurückziehen, die Audienz ist beendet! Ich habe jetzt mit meinen lieben Freunden aus Deutschland wichtige Staatsgeschäfte zu erledigen!“

Sultan Hatschi al Nasi freute sich wie ein kleiner Junge. Dieser fliegende Teppich war ganz nach seinem Herzen! Gegen den Teppich war alles andere nichts – die großen amerikanischen

Limousinen in seinem Fuhrpark, das Privatflugzeug und die schicke Motorjacht! Natürlich wollte er den Teppich sofort ausprobieren und lud seine Gäste zu einem Stadtrundflug ein.

„Wie viel PS hat er denn? Hat er Automatik oder Schaltung?“, fragte er ganz hibbelig. „Was muss ich überhaupt machen, dass er fliegt?“

Oh! Das hätte Bibi fast vergessen. Der Teppich gehörte ja jetzt Seiner Hoheit, also musste sie schnell noch einmal hexen.

„*Eene meene Osterhasi, gehorche jetzt Hatschi al Nasi! Hex-hex!* So, Herr Sultan“, fügte sie hinzu, „jetzt können Sie ihm Befehle geben. Er hört auf Ihr Kommando!“

Der Sultan war entzückt. Er nahm vorn auf dem fliegenden Teppich Platz, die anderen ließen sich hinter ihm nieder.

„So! Nun fliege los, mein lieber Teppich!“, rief Hatschi al Nasi und strahlte vor Glück.

Langsam hob der Teppich vom Boden ab, beschleunigte dann sein Tempo und flog los. Immer schneller schlingerte und kurvte er über der Stadt herum, dass der Bürgermeister schon wieder Flugangst bekam.

„Euer Hochwohlgeboren!“, rief er. „Dürfte ich Sie höflichst bitten, dass Sie nicht so schnell fliegen? Ich habe eine Frau und zwei unmündige Kinderchen zu Hause!“

Der Sultan wäre dem Wunsch

nur allzu gern nachgekommen, aber er konnte sein Gastgeschenk, den fliegenden Teppich, leider nicht steuern. Bereitwillig erklärte ihm Bibi deshalb, wie er durch Anheben der Fransen nach rechts und links lenken konnte. Nun gehorchte der Teppich jedem seiner Befehle, und schon bald flogen sie ruhig über die Stadt dahin. Der Sultan steuerte zum Basar, wo sich immer viele Menschen aufhielten, und zeigte sich seinen Untertanen.

„Hallo! Huhu! Hier bin ich! Hier oben!“, rief er und winkte den Bewohnern der Stadt huldvoll zu. „Hier fliegt euer Sultan! Auf die Knie! Oder soll ich im Sturzflug über euch kommen? Haha! Wie sie alle brav gehorchen, meine geliebten Untertanen, meine Kinderchen! Na“, wandte er sich an den Bürgermeister, „machen das Ihre Untertanen auch, Herr Bürgermeister von ebenda?“

Der Bürgermeister druckste verlegen ein wenig herum und wusste nicht, was er sagen sollte. Da mischte sich die Reporterin ein.

„Aha-haha!“, lachte sie. „Das hätte er wohl gern. Nicht wahr, Bürgermeisterchen? Aha-haha!“

Der Bürgermeister war peinlich berührt und wechselte schnell das Thema. „Herr Sultan, wenn ich bei dieser Gelegenheit vielleicht noch einmal auf mein Problem zu sprechen kommen dürfte …“, begann er, doch der Sultan hatte keine Zeit zu antworten. Sein fliegender Teppich kam plötzlich ins Trudeln und verlor bedenklich an Höhe. Vielleicht waren vier Personen zu viel für ihn? Kurzentschlossen befahl der Sultan, dass der „Bürgermeister aus ebenda“ abspringen solle.

„Aber Majestät sind doch selber nicht gerade schlank!“, wandte der Bürgermeister ein und bettelte um Gnade. Wenn er aus dieser Höhe ohne Fallschirm abspringen müsste, würde er sich Hals und Beine brechen. Doch Bibi beruhigte ihn, denn sie hatte eine Idee.

„Kartoffelbrei, du musst jetzt ran“, sagte sie zu ihrem Besen. *„Eene meene alte Mütze, sei dem Teppich eine Stütze! Hex-hex!“*

Sofort flog Bibis kleiner Hexenbesen

unter den Teppich des Sultans und versuchte ihn zu stützen.

„Super, mein Wuschel!“, lobte ihn Bibi. „Das machst du ganz prima!“

Doch bereits nach wenigen Minuten erlahmten Kartoffelbreis Kräfte, und der Teppich begann wieder zu sinken. Bibi, Karla, den kugeligen Bürgermeister und noch den dicken Sultan von Labu-Dabu, das schaffte auf Dauer auch Kartoffelbrei nicht. Der Sultan sah sich nach einem weichen Platz für eine Notlandung um und entschied sich für den Haremsgarten in seinem Palast. Hart setzte der Teppich auf, und die vier Fluggäste purzelten übereinander.

Bibi war als Erste wieder auf den Beinen. Sie blickte sich staunend um und bewunderte die üppige Gartenpracht. War das schön hier! Exotische Pflanzen wuchsen hier riesig hoch, bunt schillernde Vögel schwirrten durch die Luft, und die Wedel der hohen Palmen spendeten angenehmen Schatten. Auf den Wegen des Gartens bewegten sich verschleierte Frauen, die sich zu fremdländischer Musik leise wiegten. Bibi überlegte. Wo waren sie?

„Wir befinden uns mitten in meinem Harem, meinem Lieblingsplatz“, erklärte der Sultan, als hätte er Bibis Gedanken erraten. „Das hier ist der Lustgarten meiner neunundneunzig Gemahlinnen, meiner sanften Täubchen. Ja, eine ist schöner als die andere!“

Der Bürgermeister von Neustadt

nickte eifrig, lächelte breit über das ganze Gesicht und warf den Haremsbewohnerinnen feurige Blicke zu. Er war entzückt.

„Hallo, meine Damen!", rief er fröhlich. „Küss die Hand, schöne Schleierfrau! Sehr charmant, wirklich!"

Das hätte er nicht sagen sollen! Der Sultan schaute plötzlich grimmig, und auf seiner Stirn erschien eine steile Zornesfalte.

„Eunuch!", rief er einem Diener zu. „Verbinde diesem Mann da die Augen! Kein Fremder hat in meinem Harem etwas zu suchen!"

Der Eunuch tat, was ihm befohlen wurde, und schon stand der Bürgermeister im Dunkeln. Das fand er überaus gemein.

„Das ist … das ist Bürgermeister-freiheitsberaubung!“, protestierte er. „Ich will ja nur gucken! Das ist doch nicht verboten, oder?“

„Wie ich das sehe, schon!“, erwiderte Karla Kolumna lachend. „Andere Länder, andere Sitten, Bürgermeisterchen! Denken Sie doch inzwischen an Ihre Frau!“

Der Bürgermeister seufzte. Das tat er sowieso schon die ganze Zeit. Er hatte viel von den morgenländischen Basaren gehört und wollte sich natürlich dort nach etwas Schönem umsehen, das er seiner Frau aus Labu-Dabu mitbringen konnte. Bibi beschloss ihn zu begleiten.

„Märkte finde ich einfach toll!“, sagte sie. „Fliegen wir am besten gleich hin. Sie kommen doch bestimmt auch mit, Frau Kolumna?“

„Aber Kindchen, wo denkst du hin? Ich bin im Dienst!“, wehrte die Reporterin ab. „Ich lande doch nicht zufällig in einem echten morgenländischen Harem, um ihn gleich wieder zu verlassen. Neunundneunzig Frauen! Das gibt sensationelle Fotos und Interviews!“

Den Bürgermeister und Bibi zog es jedoch zum Basar. Der fliegende Teppich gehörte zwar jetzt dem Sultan, aber sie hatten ja noch Kartoffelbrei. Der dicke Bürgermeister zierte sich ein wenig beim Aufsteigen und hatte Angst, dass sie wieder eine Notlandung machen müssten, aber Bibi beruhigte ihn.

„Keine Angst! Uns beide schafft Kartoffelbrei locker. Kommen Sie, setzen Sie sich gemütlich hin und halten Sie sich an dem Besenstiel fest. Fertig?“ Dann sagte Bibi ihren Hexspruch: *„Eene meene mei, flieg los, Kartoffelbrei! Hex-hex!“*

Und los ging es in Richtung Basar. Der Sultan starrte dem fliegenden Besen und seinen beiden Passagieren mit offenem Mund nach.

„Bei meinen Vorfahren!“, rief er begeistert. „So einen Fliegebesen will ich auch haben. Ich will noch ein Gastgeschenk von dem Bürgermeister von ebenda!“

„Aber erlauchtes Sultanchen! So ein Hexenbesen ist für Eure Hoheit viel zu gefährlich. Der Fliegeteppich ist doch viel gemütlicher." Frau Kolumna zückte ihren Fotoapparat und lächelte den Sultan an. „Darf ich jetzt um ein sensationelles Gruppenfoto bitten? Eure Durchlauchtigkeit im Kreise Seiner neunundneunzig reizenden Gemahlinnen?"

„Neunundneunzig?" Der Sultan räusperte sich. „Ich würde sagen, im Kreise meiner hundert Gemahlinnen!"

„Hundert. Wieso hundert?", fragte Karla Kolumna und blickte den Sultan neugierig an. Dann fiel bei ihr der Groschen. „Ach, Sie wollen heute wieder heiraten? Sensationell! Darf man schon gratulieren? Wer ist denn die Glückliche? Ich möchte gern ein Foto von ihr machen."

„Du bist es, mein Täubchen!" Der

Sultan strahlte sie an und sein rundes Gesicht leuchtete wie die Sonne. „Du gefällst mir. Eunuch!“ Er rief nach seinem Diener. „Bring mein Täubchen in das schönste Gemach des Harems. Aber verschließe gut die Tür hinter ihr und lass sie nie wieder heraus. Ich werde dich dann heute Abend besuchen“, wandte er sich wieder an Karla Kolumna. „Bis später, mein Täubchen!“

Der Eunuch führte die Reporterin aus dem Garten heraus, und sie ließ es willig geschehen. Sie hielt das Ganze für einen originellen Scherz und wollte dem Sultan den Spaß nicht verderben.

„Aha-haha!“, lachte sie. „Das habe ich mir schon immer gewünscht: Einen kleinen, kugelrunden Sultan zum Mann zu bekommen. Aha-haha! Als seine hundertste Frau! Wie würde ich denn dann heißen? Karla al Nasi! Aha-haha!“

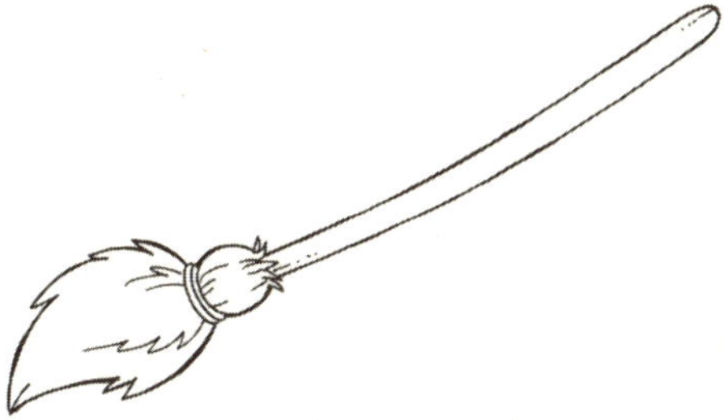

Die Wunderlampe

Als Bibi Blocksberg und der Bürgermeister von Neustadt auf Bibis Hexenbesen mitten auf dem Basar von Labu-Dabu landeten, fielen die Menschen auf dem Platz vor Schreck ein zweites Mal auf die Knie. Sie glaubten, der Sultan sei wiedergekommen. Als sie jedoch merkten, dass sie sich geirrt hatten, umringten sie Bibi und den Bürgermeister. Sie bestaunten die beiden, sprachen laut auf sie ein und wedelten mit den Händen in der Luft herum. Der Bürgermeister glaubte, die Aufmerksamkeit würde ihm persönlich gelten und winkte huldvoll nach allen Seiten.

„Siehst du“, sagte er stolz zu Bibi, „die Leute mögen mich. Sie mögen mich auch hier. Genauso wie in meiner Heimat meine Wählerinnen und Wähler.“

„Ach, das ist doch Quatsch!“, meinte Bibi lachend. „Bilden Sie sich bloß nichts ein, Herr Bürgermeister. Die Leute hier wollen Geschäfte machen, die wollen Ihnen etwas verkaufen!“

Im gleichen Moment drängte sich auch schon ein junger Mann in einem weiten Burnus heran und hielt dem Bürgermeister seine Waren unter die Nase.

„Hallo, Mister!“, rief er freundlich. „Schöne Teppiche! Schöne Tücher!

Oder vielleicht eine kostbare Kette für die kleine Fliegetochter?"

„Sie ist nicht meine Tochter!" Der Bürgermeister wehrte den Mann ab. „Das hätte mir gerade noch gefehlt!"

„Sagen Sie das nicht!", erwiderte Bibi und zog den Bürgermeister fort in eine kleine Seitengasse. „Wenn Sie mein Papi wären, dann wären Sie bestimmt viel netter! Kommen Sie, wir kaufen jetzt was für die Frau Bürgermeister!"

Bibi hakte ihn unter, und gemeinsam bummelten sie kreuz und quer durch den Basar, befühlten erlesene Stoffe, schnupperten an exotischen Gewürzen und strichen bewundernd über wertvolle Schmuckstücke. Der Bürgermeister konnte sich nicht entscheiden, so viel gab es hier zu sehen. Schließlich wurden sie von einem Händler angesprochen, der in der Tür seines kleinen Ladens stand.

„He, dicker Fremder! He, fremdes Zaubermädchen!“, rief er ihnen halb laut zu. „Ich habe etwas für euch! Tretet ein in meinen bescheidenen Laden, tretet näher!“

„Hm! Was wird das schon sein? Irgendein Touristenquatsch wahrscheinlich!“, brummelte der Bürgermeister, kam aber der Aufforderung nach und betrat den Laden. „Na gut, schauen kostet ja nichts.“

Ein merkwürdiger Geruch schlug ihnen entgegen, den Bibi sogleich begierig mit krausem Näschen einsog.

„Oh! Hier riecht es aber gut!“, stellte sie fest. „Wie in Mamis Hexlabor!“

„Bäh!“ Der Bürgermeister verzog angeekelt sein Gesicht. „Das stinkt ja widerlich!“

„Nun, Zauberkraft braucht Zauberduft“, erklärte der Ladenbesitzer. „Schaut her, was ich für euch habe: Aladins Wunderlampe. Die echte!“

Der Bürgermeister drehte die zierlich geschwungene Öllampe in den Händen, die ihm der Händler überreicht hatte. Ein kostbares Stück, dachte er. Sehr hübsch. Das wäre bestimmt etwas für meine Frau. Dann wurde er jedoch misstrauisch.

„Wenn es die echte, die einzige Wunderlampe ist, warum bieten Sie die Lampe mir an?“, fragte er lauernd. „Die Lampe gehört doch in die Schatzkammer des Sultans!“

„Ach, der hat doch schon genug Schätze!“, bekam er zur Antwort. „Du aber, dicker Fremder, du bist mit der kleinen Hexe im Bunde. Du bist mächtig!“

Mächtig? Na ja! Bibi kicherte leise in sich hinein, der Bürgermeister aber fühlte sich sehr geschmeichelt!

„Oh, ja! Ich bin mächtig! Ich bin ja auch ein Stadtoberhaupt!“, rief er und klopfte sich auf den Bauch. „Die Wunderlampe ist genau das Richtige für mich!“

„Und für dich, du kleines fremdes Hexenmädchen“, fuhr der Händler mit geheimnisvoller Stimme fort und nahm etwas aus einer Schublade, „für dich habe ich diese alte Flasche. Geh vorsichtig damit um, denn sie macht dich mächtiger als alle hier, mächtiger als du es ohnehin schon bist. Diese Flasche", er hielt sie hoch, „beherbergt einen Flaschengeist!"

Bibi trat näher um den Geist zu betrachten. Doch sie sah keinen.

„Jetzt siehst du ihn natürlich nicht", erklärte der Händler. „Aber du wirst ihn bald sehen. Glaub mir, fremdes Zaubermädchen: Wenn du die Flasche öffnest, dann erscheint der Geist. Solange du die Flasche hast, wird der Geist alles tun, was du ihm befiehlst."

„Ach ja? Na dann!" Bibi griff nach der Flasche. Sie wollte den Verschluss gleich einmal zur Probe öffnen, aber der Mann zog seine Hand zurück und drückte die Flasche an seine Brust.

„Oh, nein! Nicht hier und nicht

jetzt!“, rief er erschrocken. In dem Moment zupfte ihn der Bürgermeister am Ärmel.

„Lassen Sie uns nicht länger schwatzen“, sagte er. „Ich nehme die Wunderlampe. Was soll sie kosten?“

„Hundert Dollar!“, sagte der Händler.

„Hundert Dollar?“ Der Bürgermeister bekam einen Hustenanfall. „Für hundert Dollar kriege ich ja zu Hause einen kompletten Kronleuchter. Fünfzig Dollar!“

„Siebzig!“, ging der Händler mit dem Preis herunter.

„Sechzig!“, bot der Bürgermeister.

„Fünfundsechzig! Mein letztes Wort!“

„Na gut. Abgemacht!“, stimmte der

Bürgermeister zu. „Aber wehe, wenn sie nicht echt ist!“

Bibi bekam große Augen. So viel Geld für die alte Lampe? Was würde dann erst ihre Flasche mit dem echten Geist kosten? Bestimmt viel, viel mehr. Sie hatte für die Reise nicht viel Taschengeld von ihren Eltern mitbekommen, und Dollars schon gar nicht. Sie seufzte und starrte die Flasche traurig an. Doch der Händler lächelte und beugte sich zu ihr.

„Du musst nicht bezahlen, kleine Hexe“, sagte er. „Die Flasche mit dem Geist verkauft man nicht. Jedoch …“, er senkte seine Stimme zu einem geheimnisvollen Raunen, „die Vorsehung hat sie für dich bestimmt. Hier, nimm sie. Sie gehört dir!“

Der Bürgermeister bezahlte die fünfundsechzig Dollar für seine Lampe, und Bibi nahm die Flasche mit dem Geist an sich. Als sie den schummrigen Laden wieder verlassen hatten und draußen in der hellen Sonne standen, sahen sie sich das Geschenk für die Frau Bürgermeister ein wenig genauer an. Am Boden der Lampe entdeckte Bibi einen Stempel. Sie las das Geschriebene und begann zu kichern.

„Made in Taiwan! O nein! Die echte und wahre Wunderlampe stammt aus einer Fabrik in Südostasien! Da haben Sie ja ein tolles Schnäppchen gemacht. Solche Lampen gibt es hier wahrscheinlich an jeder Straßenecke für fünf Dollar zu kaufen."

„Das ist eine Unverschämtheit!" Der

Bürgermeister war zutiefst empört. „Diesen Betrüger werde ich anzeigen. Er muss mir sofort meine fünfundsechzig Dollar zurückzahlen!“

Er machte kehrt und wollte zurück in den Laden gehen, doch der war bereits geschlossen. Wahrscheinlich hatte sich der gewitzte Händler inzwischen mit seinen schnell verdienten Dollars aus dem Staub gemacht. Vielleicht war das ja das Wunderbare an der Lampe, dass sie sich wunderbar verkaufte!, dachte Bibi und musste wieder kichern. Der Bürgermeister schaute sie giftig an.

„Was für ein Stempel befindet sich denn auf deiner Flasche? Wahrscheinlich ‚Made in Germany‘. Zeig doch mal her.“

„Nö, da ist nichts zu sehen." Bibi drehte ihre Flasche um und untersuchte sie gründlich. „Kein Stempel, nichts. Na, ist ja auch egal. Sie ist ein schönes Souvenir für Mami. Jetzt brauche ich bloß noch ein Geschenk für meinen Papi."

Bibi musste nicht lange suchen, da entdeckte sie bei einem anderen Händler einen kleinen Ölbohrturm als Anhänger für Herrn Blocksbergs Autoschlüssel. Der Minibohrturm war versilbert, und die kleine Hexe konnte einen sehr günstigen Preis heraushandeln.

Anschließend liefen die beiden noch eine Weile kreuz und quer über den Basar, und als ihre Füße müde wurden, bestiegen sie Kartoffelbrei und flogen zum Palast des Sultans zurück. Bibi war schon sehr gespannt, was sich dort in der Zwischenzeit getan hatte.

Der Geist aus der Flasche

Der Sultan Hatschi al Nasi saß in seinem Thronsaal und regierte. Das heißt, die Menschen im Palast glaubten, er würde regieren, in Wirklichkeit versuchte er ein Puzzle mit tausendundeinem Teil zu Ende zu bringen. Er kniete auf dem Boden, der mit dicken, edlen Teppichen ausgelegt war, und hielt ein kleines Puzzleteil in der Hand.

„Wo, beim Barte des Propheten, kommt bloß dieses blaue Stück hin?“, murmelte er ungnädig und ließ seine Augen über das Puzzle gleiten.

„Gehört es jetzt zum Meer oder gehört es zum Himmel?“

Bibi, die gerade den Thronsaal betrat, lief zu ihm hin und warf einen Blick auf das Puzzle.

„Na, da oben gehört es hin, Herr Hatschi!“ Sie zeigte auf eine kleine Lücke in dem großen Puzzle. „Es ist ein Randstück, und neben dem Blau ist was Weißes. Also ist es der Himmel mit der dazugehörigen Wolke.“

„Bravo!“ Der Sultan drückte das Puzzleteil an seinen Platz. Es passte haargenau. „Jawohl, da gehört es hin“, sagte er zufrieden. „Das hatte ich mir auch gerade überlegt.“ Dann griff er nach einem weiteren Teil, betrachtete es nachdenklich und suchte die Stelle, wo es hineinpasste.

Der Bürgermeister, der inzwischen auch eingetreten war, räusperte sich. Er war nicht von so weit her gekommen, um Puzzle zu legen, er wollte endlich Geschäfte machen.

„Ähäm, Majestät", begann er, „darf ich bei dieser günstigen Gelegenheit auf mein Anliegen aufmerksam machen?"

„Ruhe!", schnauzte ihn der Sultan an. „Ich denke! Ich arbeite!"

Wieder kam ihm Bibi zu Hilfe und legte das Teil an den richtigen Platz. Die kleine Hexe und der dicke Sultan waren plötzlich so in das Puzzlespiel vertieft, dass sie alles andere um sich herum vergaßen. Der Herr Bürgermeister stand hilflos herum und fühlte sich total überflüssig.

„So!“, sagte Bibi nach einer Weile. „Jetzt haben wir noch das Teil tausendundeins. Das dürfen jetzt Sie wieder hinlegen, Herr Sultan!“

Der Sultan tat es und klatschte zufrieden mit sich in die Hände. In seinen Augen hatte er das schwere Puzzle ganz allein geschafft, das bisschen Hilfe von der kleinen Hexe war ja nicht der Rede wert.

„Sie können wirklich stolz auf sich sein, Herr Hatschi!“, lobte ihn Bibi. „Soll Frau Kolumna nicht schnell ein Foto von Ihnen und dem Puzzle machen?“

„Oh, ja, sie soll!“, rief der Sultan, doch im nächsten Augenblick besann er sich anders. „Das heißt: Nein! Sie darf ja den Harem nicht mehr verlassen. Sie wird meine Gemahlin Nummer hundert. Karla al Nasi!"

Bibi stockte der Atem, sie riss vor Schreck und Überraschung die Augen weit auf. Der Bürgermeister allerdings erkannte die Gunst der Stunde, ergriff die Hand des Sultans und schüttelte sie kräftig.

„Das ist ja wunderbar! Ganz ausgezeichnet! Herzlichen Glückwunsch, lieber Sultan! Welch eine großartige Verbindung! Heutzutage kann man gute Beziehungen zu Ölländern immer brauchen. Hach, ich sehe meine kleine Pipeline schon vor mir!"

Bibi hatte sich inzwischen wieder gefangen. Ihr gefiel überhaupt nicht, was hier passierte. Erstens war Karla Kolumna strikt gegen die geplante

Pipeline, die von Neustadt durch das schönen Mühltal führen sollte, und zweitens war sie bestimmt nicht erpicht darauf, die hundertste Haremsdame zu werden. Nicht einmal erste Haremsdame, dessen war sich Bibi sicher. Doch der Sultan kümmerte sich nicht um Bibis Einwände.

„Sie wird gar nicht gefragt!“, sagte er im Befehlston. „In meinem Lande bestimme ich, was geschieht!“

„Sie wird *doch* gefragt!“, protestierte Bibi. „Karla Kolumna soll kommen!“

„Sie kommt nicht!“, entschied der Sultan.

„Sie kommt doch!“, entgegnete Bibi. „Oder soll ich den fliegenden Teppich wieder weghexen?“

Sultan Hatschi al Nasi sah es Bibi an

der Nasenspitze an, dass sie es ernst meinte. Sollte er etwa auf seinen tollen neuen Fliegeteppich in Zukunft verzichten müssen? Nein, lieber nicht. Andererseits wollte er die Reporterin so einfach nicht gehen lassen, schließlich konnte er als mächtiger Herrscher nicht plötzlich klein beigeben. Da hatte er eine Idee.

„Gut“, sagte er und tat sehr gönnerhaft, „ich verzichte auf das Täubchen. Aber nur, wenn mir ein Flaschengeist den verschollenen Schatz meiner Vorfahren herbeischafft.“

Bibi und der Bürgermeister blickten sich an. Wie sollten sie denn das anstellen? Das war unmöglich! Aber sie konnten auch nicht Karla Kolumna allein am Hofe des Sultans zurücklassen. Schwierig, schwierig! Den verschollenen Schatz der Vorfahren des Sultans gegen Karla Kolumna – na, da saßen sie ja schön in der Klemme!

Während Bibi nachdachte und nachdachte, jammerte der Bürgermeister nur leise vor sich hin. Was konnte er nur tun, um doch noch an seine Pipeline zu kommen? Der Sultan hatte sich inzwischen einem anderen Puzzle zugewandt, das halb fertig auf einem Tisch lag.

„Ach, wäre das schön, wenn in deiner Flasche ein Schatzgeist wäre!“, sagte der Bürgermeister kläglich und schielte auf Bibis Reiseandenken für ihre Mutter.

„Da ist genauso wenig ein Geist drin wie Ihre Wunderlampe aus

Taiwan Wunder vollbringen kann. Glauben Sie mir." Bibi griff nach dem Stöpsel der Flasche und zog daran. „Wenn da ein Geist drin ist, dann müsste er jeden Augenblick ..."

Weiter kam sie nicht. Mit einem lauten PLOPP! flog der Korken in die Luft, und aus dem engen Flaschenhals kräuselten sich dicke, grüne Rauchschwaden. Dann ertönte ein lautes Zischen, begleitet von einem dröhnenden Lachen. Aus den Rauchschwaden formte sich ein dicker, grüner Oberkörper, auf dem ein kleiner Kopf mit einem Fes saß. Beine hatte der grimmige Flaschengeist keine, vom Gürtel abwärts führte ein langer Rauchschwaden hinab, dessen Ende in den Flaschenhals

mündete. Der Geist schwankte hin und her und blickte mit rollenden Augen um sich.

„Hohoho! Endlich frei!", dröhnte seine Stimme durch den Palast. „Nach zweitausend Jahren freiii! Ach, ist das schöööön! Ich werde nie, nie, nie wieder in dieses enge Gefängnis zurückkehren!" Er rollte noch stärker mit den Augen und schaute finster drein. „Jetzt werde ich die Menschenwürmer erschrecken! Hohoho!"

Bibi war sprachlos, damit hatte sie allerdings nicht gerechnet: In ihrer Flasche war tatsächlich ein Geist eingesperrt gewesen, der Händler hatte also nicht gelogen. Wieder dröhnte das „Hohoho!" durch den Palast, aber Bibi ließ sich von dem schaurigen

Gehabe des Geistes nicht beeindrucken. Nur der Bürgermeister und der Sultan hatten sich blitzschnell auf den Boden geworfen, den Kopf zwischen die Arme geklemmt, und trauten sich nicht aufzuschauen.

„Aber Herr Hatschi!“ Bibi musste sich das Lachen verbeißen. „Warum so ängstlich? Nun mal los! Hier ist Ihr Flaschengeist, den Sie haben wollten!“

„Ja … ja … oh … Allah sei mir gnädig!“, stammelte der Sultan und riskierte einen Blick. „Der Schatz meiner Väter, großmächtiger Geist! Wo befindet sich der Schatz meiner Väter?“

„Der Schatz deiner Väter?“, dröhnte der Flaschengeist. „Das werde ich doch dir nicht verraten, du Wurm! Du bist nicht mein Gebieter!"

„Aber mir sagst du es!", befahl Bibi. „Schließlich habe ich dich ja aus deiner Flasche rausgelassen."

„Hoho!" Der Geist verschränkte die Arme und schaute gelangweilt zur Seite. „Ich gehorche keinem kleinen Kind!"

Kleines Kind? Hatte Bibi da richtig gehört? Sie war schon dreizehn und kein kleines Kind mehr! Bibi ärgerte sich so, dass sie auf der Stelle einen Hexspruch sagte: *„Eene meene Asche, zurück in deine Flasche! Hex-hex!"*

Gegen diesen Hexspruch konnte der Flaschengeist nichts ausrichten. Er schimpfte zwar gewaltig und rollte seine Augen, bis man nur noch das Weiße sah, aber es half nichts: Er musste in seine Flasche zurück. Triumphierend drückte Bibi wieder den Stöpsel in den Flaschenhals. Im Inneren der Flasche sah man jetzt deutlich einen winzig kleinen Geist zappeln, der erst wieder herauskonnte, wenn Bibi Blocksberg es wollte!

Bibi lächelte verschmitzt. Ich werde ihn „Flaschi“ nennen, dachte sie. Dann hielt sie die Flasche an ihr Ohr. Tatsächlich, sie hatte sich nicht verhört, der Flaschengeist sprach mit ihr.

„Ach bitte, lass mich doch wieder raus!“ Die eben noch dröhnende Stimme des Geistes war zu einem leisen Piepsen geworden. „Ich will auch alles tun, was du mir befiehlst, Gebieterin!“

„So ist es schon besser, Flaschi!“, lobte ihn Bibi. „Nimmst du das mit dem kleinen Kind zurück?“ Der Geist nickte heftig. „Gut. Dann darfst du auch Bibi zu mir sagen.“

„Ja, Bibi“, antwortete der Geist mit Piepsstimme. „Danke, Bibi!“

Bibi zog daraufhin den Stöpsel aus der Flasche, der Geist quoll heraus und war jetzt ganz brav. Er ließ sich von Bibi wieder kleinhexen und wieder groß, wieder klein, in die Flasche hinein und wieder heraus. Der Sultan sah mit großen Augen zu, wie das Mädchen mit dem Geist seine Späße trieb. Tja, nun hatte er seinen echten Flaschengeist, nun musste er sein Wort halten. Er ließ Karla Kolumna von einem seiner Eunuchen holen.

„Bin ich froh, dass er Sie wieder freigelassen hat, Frau Kolumna!“, rief Bibi erleichtert aus, als Karla in den Thronsaal kam.

„Freigelassen? Wen? Mich? War ich denn eine Gefangene?“

„Natürlich!“, antwortete Bibi. „Er hat Sie doch in seinem Harem einsperren lassen!“

„Einsperren lassen?!“, rief der Sultan empört. „Welch eine Verleumdung! Mein Harem ist doch kein Gefängnis!“

„Natürlich nicht, Hatschilein“, erwiderte Karla Kolumna lachend. „Du hast dir sicher nur einen kleinen Scherz mit mir erlaubt.“ Dann schaute sie Bibis Flasche scharf an. „Hach, Kindchen, was zappelt denn da drin? Ist das eine Maus? Hoffentlich nicht, ich fürchte mich schrecklich vor Mäusen."

„Das ist ein Geist!", antwortete Bibi stolz. „Ein echter Flaschengeist!"

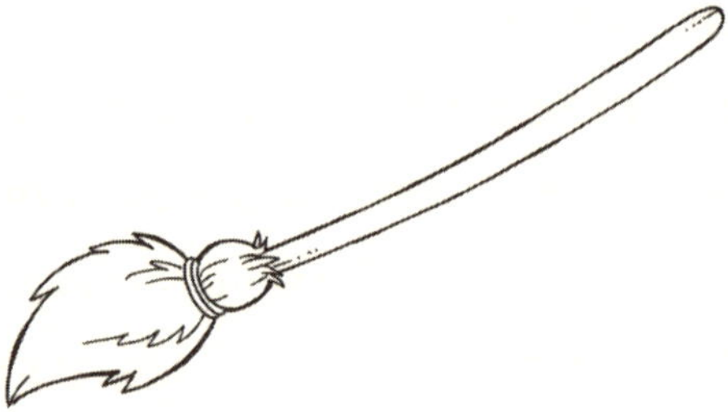

Wasser für Labu-Dabu

„Wahnsinn!“ Karla Kolumna hatte ja schon viel erlebt in ihrer Laufbahn als Reporterin, aber das hier war die absolute Sensation.

„Da plaudere ich gemütlich mit den Haremsdamen und entwickle eine neue Exklusivserie über Schicksale im Harem, während hier die Sensationen purzeln! Ist er zahm, dein Geist?“, fragte sie Bibi. „Lässt er sich auch fotografieren?“

„Ganz bestimmt“, versicherte Bibi. „Er tut alles, was ich sage. Soll ich ihn mal herauslassen?“

„Nein!", rief der Sultan. „Er soll drinbleiben und mir lieber sagen, wo der verschollene Schatz meiner Väter ist, die Kronjuwelen von Labu-Dabu. Befiehl es ihm, kleine Hexe!"

„Halt! Warte noch, Bibi, warte!", murmelte der Bürgermeister hastig. „Warum muss der Sultan denn wissen, wo sein Schatz ist? Der Geist kann es uns doch sagen. Dann heben wir die Kronjuwelen und werden reich … äh … ich meine natürlich, Neustadt wird reich! Denk doch an unsere Vaterstadt, Bibi Blocksberg!"

„Nein, nein, nein!" Bibi schüttelte den Kopf, dass ihr Pferdeschwanz hin und her flog. „So etwas mache ich nicht. Die Kronjuwelen gehören nicht uns, sie gehören dem Sultan."

„Aber der Sultan ist doch schon reich genug!“ Der Bürgermeister ließ nicht locker. „Der weiß gar nicht mehr wohin vor lauter Reichtum!“

„Hmmm, das stimmt auch wieder.“ Bibi blickte sich um. Der Palast war wirklich prachtvoll ausgestattet, da fehlte es an nichts.

„Gut“, sagte sie dann. „Herr Bürgermeister, ich mache es. Kein Problem. Aaaaber … Sie müssen auf die Pipeline verzichten, auf die dreckigen Rohre durch unser schönes Mühltal. Versprechen Sie es?“

Der Bürgermeister wand sich wie ein Wurm. Doch Bibi bestand auf ihrer Forderung, und schließlich musste er klein beigeben. Ja, er würde auf die Pipeline verzichten.

„Herr Sultan“, Bibi wandte sich jetzt an den Herrscher von Labu-Dabu, „was bekomme ich, wenn ich dem Flaschengeist befehle, den Schatz zu heben?“

„Nichts bekommst du“, antwortete der Sultan barsch. „Es ist doch schließlich mein Schatz!“

„Was bekomme ich?“, fragte Bibi unbeirrt.

„Wieso denn du, Bibi Blocksberg?“, mischte sich der Bürgermeister ein und schüttelte verwundert den Kopf.

„Wenn ich ich sage, dann meine ich wir, dann meine ich meine Heimatstadt Neustadt“, erklärte Bibi. Karla Kolumna kam ihr zu Hilfe.

„Bürgermeisterchen, Sie denken doch auch so, nicht wahr?“, fragte sie.

Nun gab sich der Bürgermeister geschlagen. Er nickte zustimmend, und auch der Sultan war einverstanden.

„Also gut“, sagte Hatschi al Nasi mit einem kleinen Seufzer, „wünsch dir, was du willst.“

„Super!“ Bibi strahlte. „Also, da wäre zuerst mal eine neue Schule mit einem tollen Sportplatz, dann ein neues Schwimmbad mit einer ganz hohen und langen Rutsche …“

„Ein neues Rathaus und ein neuer Dienstwagen!“, flüsterte ihr der Bürgermeister zu.

„Ein neues Rathaus und ein neues Dienstfahrrad!“, wiederholte Bibi nicht ganz wörtlich. Der Bürgermeister machte ein enttäuschtes Gesicht, aber er musste klein beigeben. Es gelang ihm zwar noch, eine klitzekleine Perlenkette für seine Frau herauszuholen, als er dann aber noch einen Swimmingpool nur für sich allein haben wollte, bedeutete ihm der Sultan zu schweigen.

„Schluss!", rief er. „Jetzt ist endlich mein Schatz an der Reihe, beim Barte des Propheten!"

Bibi war einverstanden. Also öffnete sie die Flasche, der Geist quoll heraus und richtete sich zu seiner vollen Größe auf. Karla Kolumna war sehr beeindruckt und machte auf der Stelle ein sensationelles Foto.

„Was ist dein Begehren, meine Gebieterin?", fragte der Geist.

„Bring mir den Schatz meiner Väter!", rief der Sultan dazwischen.

„Du hast mir nichts zu befehlen, du Wurm!“, polterte der Geist und wandte sich dann an die kleine Hexe. „Soll ich ihn vernichten, Bibi?“

„Nein, nein!“ Sie winkte ab. „Er ist ja eigentlich ganz nett, der Herr Sultan. Sag ihm ruhig, was er wissen will, Flaschi.“

„So höre denn … Der verschollene Schatz der Herrscher von Labu-Dabu liegt auf dem Boden des versiegten Brunnens im Hofe des Palastes. Doch wenn ihr ihn hebt, dann …“, sprach der Geist weiter, aber der Sultan hörte schon nicht mehr zu, „wenn ihr ihn hebt, dann wird es über euch kommen!“

„Was wird über uns kommen?“, fragte Bibi, doch der Geist verdrehte

nur die Augen, als wollte er sagen: Ihr werdet schon sehen!

Bibi und Karla folgten dem Sultan zu dem Brunnen im Palasthof, der schon seit Jahrhunderten kein Wasser mehr gab. Bibi befahl dem Geist hinunterzusteigen und den Schatz zu heben.

„Da hinein? In diesen engen Brunnen?“, jammerte er. „Ich will nicht, ich bin viel zu groß dafür!“

Doch das ließ Bibi nicht gelten. „Wer in einer Flasche wohnt, der kann sich auch klein machen. Hab dich doch nicht so, Flaschi!“

„Also gut“, willigte der Geist ein und setzte zu einem Kopfsprung an. „Aber ich sage euch, es wird über euch kommen!“

Im nächsten Moment war er auch schon in dem Brunnen verschwunden und tauchte kurz darauf mit einer kostbaren Schatztruhe in den Händen wieder auf. Er hielt sie Bibi hin, doch die winkte ab.

„Nein, ich will den Schatz nicht. Ich habe ihn eingetauscht gegen eine neue Schule und die anderen Sachen. Gib ihn dem Sultan, er gehört ihm."

Der Sultan wollte sich gerade gierig auf die Truhe stürzen, da hielt ihn Karla Kolumna zurück. Erst musste sie noch von allen Beteiligten ein Foto machen. Dann endlich öffnete der Sultan die Truhe mit dem verschollenen Schatz seiner Vorfahren.

„Ohhhh!" – „Aaaah!" – „Wundervoll!" – „Traumhaft!"

Ehrfürchtig bestaunten alle die Ketten und Kronen, das Gold und Geschmeide und die Edelsteine, die darin lagen. Wie das funkelte! Wie das glitzerte! Der Sultan wollte überglücklich mit beiden Händen in die Truhe greifen und in den Kostbarkeiten herumwühlen, da begann plötzlich der Boden zu zittern und aus der Tiefe des Brunnens ertönte ein unheimliches Rumoren.

„Allah, Allmächtiger!", schrie der Sultan auf und warf sich auf die Erde. „Der Geist meiner Väter kommt aus dem Brunnen! Rettet den Schatz! Er gehört mir!"

Das Zittern und Rumoren wurde stärker, und im nächsten Augenblick schoss mit lautem Zischen eine schwarze Fontäne aus dem Brunnenschacht. War es das, was über sie kommen sollte? War dies das unbekannte „Es“? Karla Kolumna fand als Erste die Fassung wieder.

„Entwarnung, liebe Freunde! Entwarnung!“ Sie lachte schallend. „Das unbekannte Es, das über uns gekommen ist … ist Öl!“

„Öl?“ Der Sultan tippte mit einem Finger in das dunkle Nass und roch daran. Dann verzog er angewidert das Gesicht. „Tatsächlich. Bitte nicht schon wieder Öl! Ich habe schon viel zu viel Öl. Vor allem brauche ich keine Ölquelle in meinem Palasthof. Aber wenn es Wasser wäre, dann …“

Wasser? Ja, wenn es weiter nichts war! Da wusste Bibi doch gleich einen

Super-Hexspruch: *„Eene meene auf die Schnelle, sei nicht Öl, sei Wasserquelle! Hex-hex!“*

Augenblicklich hörte das Öl auf zu sprudeln, und stattdessen plätscherte kristallklares Wasser aus der Erde. Der alte Brunnen war zu einem wunderschönen Springbrunnen geworden, zu dem sofort einige Vögel flatterten um zu trinken und in dem Wasser ein Bad zu nehmen.

„Bravo, Kindchen! Sehr gut!“, lobte Karla Kolumna. „Es ist geradezu sensationell, wie du das wieder hingekriegt hast!“

Das fand auch der Sultan Hatschi al Nasi. Wasser in der Wüste – das war ja noch viel, viel kostbarer als der Schatz seiner Väter. Er schloss die kleine Hexe

überglücklich in seine Arme und ließ überall in Stadt und Land bekannt machen, dass er zu Ehren von Bibi Blocksberg, zu Ehren des wiedergefundenen Schatzes und zu Ehren des neuen Springbrunnens im Palast ein rauschendes Fest feiern wollte.

Es wurde ein Fest, wie es Labu-Dabu noch nicht erlebt hatte. Bibi hockte als Ehrengast neben dem Sultan auf dem Thron, und Karla durfte so viele Fotos machen, wie sie nur wollte.

Als am nächsten Tag der Sultan seine Gäste aus Neustadt verabschiedete, spendierte Bibi ihrem Flaschi zum Andenken eine größere und schönere Flasche, in der er mehr Platz zum Ruhen hatte. Der Bürgermeister verstaute sorgfältig die Perlenkette für seine Frau, und Karla machte ein allerallerletztes Foto. Dann war der Besuch der Abordnung aus Neustadt beendet.

Als einige Tage später Bernhard Blocksberg wie immer beim Frühstück seine Zeitung las, stürzte er sich als Erstes auf die Reportage von Karla Kolumna über des Bürgermeisters Reise in das ferne Labu-Dabu.

„Ich denke, unser Stadtoberhaupt wollte eine Pipeline organisieren, damit das Benzin billiger wird?“, nörgelte er. „Aber was muss ich lesen? Eine neue Schule wird gebaut, ein neuer Sportplatz und ein Schwimmbad mit einer 50-Meter-Rutsche! So ein Firlefanz!“

„Aber Schätzchen!“, meinte seine Frau entrüstet. „Das ist doch für unsere Jugend! Ich finde es toll, dass er das alles erreicht hat. Man sollte es kaum für möglich halten.“

„Doch, doch, Mami, es stimmt!“, sagte Bibi mit vollem Mund. „Das alles hat der Herr Bürgermeister für uns herausgeholt. Er ist eben sehr geschickt im Verhandeln. Ein richtiges Vorbild ist er.“

„Vorbild?“ Bernhard Blocksberg verschluckte sich fast an seinem Kaffee. „Ich wüsste nicht, was an dem Mann vorbildlich ist!“

„Na ja“, meinte Bibi und blinzelte ihrer Mutter zu, „er fährt zum Beispiel jetzt jeden Morgen mit dem Fahrrad ins Rathaus. Das ist doch vorbildlich,

oder? Deshalb habe ich dir eben beim Zeitungholen dein Fahrrad rausgestellt, Papi. Das ist nämlich viel billiger und gesünder als das Auto. Mami sagt das auch. Wenn alle ihr Auto öfters mal stehen lassen würden, dann brauchten wir auch keine Pipelines."

Ja, so einfach war das für Bibi. Und sie hatte recht. Bernhard Blocksberg maulte zwar noch ein bisschen, aber dann freundete er sich mit seinem alten Drahtesel schnell wieder an und fuhr tatsächlich fast jeden Tag mit dem Fahrrad in sein Büro. Wie der dicke Bürgermeister von Neustadt.

Verhexter Lesespaß

Bibi Blocksberg™

von Theo Schwartz

Band 1	Hexen gibt es doch	ISBN 978-3-505-11701-5
Band 2	Der Hexengeburtstag	ISBN 978-3-505-11702-2
Band 3	Der Wetterfrosch	ISBN 978-3-505-11703-9
Band 4	Bibi und das Dino-Ei	ISBN 978-3-505-11704-6
Band 5	Wo ist Kartoffelbrei?	ISBN 978-3-505-11705-3
Band 6	Bibi im Orient	ISBN 978-3-505-11706-0
Band 7	Die neue Schule	ISBN 978-3-505-11707-7
Band 8	Das Wettfliegen	ISBN 978-3-505-11708-4
Band 9	3 x schwarzer Kater	ISBN 978-3-505-11709-1
Band 10	Das feuerrote Nashorn	ISBN 978-3-505-11710-7
Band 11	Der Superhexspruch	ISBN 978-3-505-11711-4

Band 12	Bibi als Prinzessin	ISBN 978-3-505-11712-1
Band 13	Bibi und die Vampire	ISBN 978-3-505-11713-8
Band 14	Bibi und die Piraten	ISBN 978-3-505-11714-5
Band 15	Das gestohlene Hexenkraut	ISBN 978-3-505-11715-2
Band 16	Die Hexenschule	ISBN 978-3-505-11716-9
Band 17	Freitag, der 13.	ISBN 978-3-505-11729-9
Band 18	Die neue Lehrerin	ISBN 978-3-505-11795-4
Band 19	Schubia dreht durch	ISBN 978-3-505-11927-9
Band 20	Bibi im Hexeninternat	ISBN 978-3-505-12001-5
Band 21	Bibi verliebt sich	ISBN 978-3-505-12057-2
Band 22	Der Brieffreund	ISBN 978-3-505-12083-1
Band 23	Das Schmusekätzchen	ISBN 978-3-505-12131-9
Band 24	Mami in Not	ISBN 978-3-505-12165-4
Band 25	Hexspruch mit Folgen	ISBN 978-3-505-12244-6
Band 26	Die Klassenreise	ISBN 978-3-505-12269-9
Band 27	Das Hexenhoroskop	ISBN 978-3-505-12317-7
Band 28	Die Hundebabys	ISBN 978-3-505-12340-5
Band 29	Die vertauschte Hexenkugel	ISBN 978-3-505-12435-8

www.schneiderbuch.de

EGMONT Verlagsgesellschaften

Schneider Buch

COCOMICO THEATER KÖLN
Musik und Regie: Uwe Vogel
Geschrieben
und produziert von Marcell Gödde
Der Nachfolger des erfolgreichsten deutschsprachigen Familien-Musicals aller Zeiten!
BIBI BLOCKSBERG™
UND DER VERHEXTE SCHATZ!
DAS MUSICAL! 2
„Hallo Leute!
Ich bin mit meinem neuen
Musical auf großer Tournee. Wo?
Termine und Informationen gibt es
unter www.cocomico.de!"
© 2007 KIDDINX Studios GmbH, Berlin
INFO HOTLINE
0700-26266426*
COCOMICO
*0,12 Euro/Min. Bundesweite Info zum Vorverkauf, Mo.-Fr. 10-17 Uhr
www.cocomico.de